古典詩歌研究彙刊

第二七輯

龔鵬程 主編

第 6 冊

李賀近體詩韻律風格研究(下)

韋凌詠 著

國家圖書館出版品預行編目資料

李賀近體詩韻律風格研究(下)／韋凌詠 著 — 初版 — 新北市：
花木蘭文化事業有限公司，2020〔民 109〕
目 6+176 面；17×24 公分
（古典詩歌研究彙刊 第二七輯：第 6 冊）
ISBN 978-986-485-976-4（精裝）
1.（唐）李賀 2. 近體詩 3. 詩評
820.91   109000187

ISBN-978-986-485-976-4

9 789864 859764

古典詩歌研究彙刊
第二七輯　第六冊   ISBN：978-986-485-976-4

李賀近體詩韻律風格研究(下)

作　　者　韋凌詠
主　　編　龔鵬程
總 編 輯　杜潔祥
副總編輯　楊嘉樂
編　　輯　許郁翎、張雅淋　美術編輯　陳逸婷
出　　版　花木蘭文化事業有限公司
發 行 人　高小娟
聯絡地址　235 新北市中和區中安街七二號十三樓
　　　　　電話：02-2923-1455／傳眞：02-2923-1452
網　　址　http://www.huamulan.tw 信箱 hml810518@gmail.com
印　　刷　普羅文化出版廣告事業
初　　版　2020 年 3 月
全書字數　248623 字
定　　價　第二七輯共 19 冊（精裝）新台幣 32,000 元

李賀近體詩韻律風格研究(下)

韋凌詠 著

目

次

上 冊

第一章 緒 論………………………………… 1

　第一節　語言風格義界 ……………………… 1

　第二節　研究動機與目的 …………………… 4

　第三節　前人研究成果 ……………………… 7

　　一、李賀研究概況 ………………………… 7

　　二、語言風格與韻律風格的研究概況 ……… 12

　第四節　研究範圍與研究方法 ……………… 15

　　一、研究版本與範圍 ……………………… 15

　　二、研究方法 ……………………………… 21

　第五節　李賀近體詩異文與字音考訂 ……… 24

　　一、李賀近體詩異文考訂 ………………… 24

　　二、李賀近體詩一字多音的考訂 ………… 37

　第六節　本文組織架構 ……………………… 48

第二章　從頭韻論李賀近體詩的韻律風格 …… 51

　第一節　聲母韻律的探討 …………………… 51

　　一、唐代詩格對聲母音韻的討論 ………… 51

　　二、頭韻的音韻效果 ……………………… 55

　第二節　李賀近體詩聲母的整體表現 ……… 57

　　一、中古聲母系統 ………………………… 57

二、聲母相諧的類別 ……………………… 60

三、李賀近體詩中聲母的整體表現 ………… 61

第三節　李賀近體詩中單一詩句的頭韻表現 …… 65

一、聲母連續相諧 ………………………… 65

二、聲母不完全連續相諧 ………………… 68

三、聲母間隔相諧 ………………………… 73

第四節　李賀近體詩中兩句的頭韻表現 ……… 75

一、兩句首尾聲母相同頂眞的相諧 ……… 76

二、兩句一處聲母相同相諧 ……………… 77

三、兩句兩處聲母相諧 …………………… 78

四、兩句三處聲母相諧 …………………… 81

五、兩句四處聲母相諧 …………………… 82

第五節　李賀近體詩中連環相諧的頭韻表現 …… 84

一、三句聲母連環相諧 …………………… 86

二、四句聲母連環相諧 …………………… 97

三、五句聲母連環相諧 …………………… 106

四、六句聲母連環相諧 …………………… 111

五、七句聲母連環相諧 …………………… 114

六、綜合討論 …………………………… 116

第六節　小結 ……………………………… 120

一、李賀近體詩整體聲母的音響效果 …… 120

二、頭韻的聲類表現 ……………………… 121

三、頭韻的形式表現 ……………………… 122

四、關於舌根音與見母字頭韻的討論 …… 124

第三章　從韻母論李賀近體詩的韻律風格 …… 129

第一節　韻母韻律的探討 ………………… 130

一、唐代詩格對韻母韻律的討論 ………… 130

二、韻母韻律的探討方向 ………………… 133

第二節　李賀近體詩的用韻表現 ………… 136

一、李賀近體詩韻目合用情形 …………… 137

二、李賀近體詩的用韻偏好 ……………… 146

三、李賀近體詩的押韻體例 ……………… 150

第三節　李賀近體詩句中韻的韻律表現 …… 153

一、句中韻的檢視原則 …………………… 154

二、五言詩句中韻的表現 ……………… 158

三、七言詩句中韻的表現 ……………… 171

第四節　李賀近體詩韻尾的韻律表現 ……… 180

一、李賀近體詩韻尾的整體表現 ……… 182

二、單一詩句的韻尾韻律表現 ………… 183

三、整首詩中同音節韻尾相諧的韻律表現 ‥ 198

四、整首詩中每句的首字、末字韻尾交錯的
韻律表現 ……………………………… 217

第五節　小結 ………………………………… 225

一、李賀近體詩的用韻表現 …………… 225

二、李賀近體詩句中韻的韻律表現 …… 227

三、李賀近體詩韻尾的韻律表現 ……… 229

下　冊

第四章　從聲調論李賀近體詩的韻律風格 …… 233

第一節　唐人詩格對聲調韻律的探討 ……… 236

一、文病中對聲調的探討 ……………… 236

二、元兢《詩腦髓》對聲調韻律的建構 … 238

三、李賀聲調韻律的探討角度 ………… 239

第二節　李賀近體詩聲調遞用的韻律表現 … 241

一、李賀近體詩單一詩句的四聲配置 … 242

二、李賀律詩出句句腳的聲調安排 …… 250

第三節　李賀近體詩入聲的運用形成的節奏形
態 …………………………………… 264

一、五言單一詩句的入聲表現 ………… 266

二、七言單一詩句的入聲表現 ………… 274

三、一首詩中入聲的結構韻律 ………… 282

第四節　小結 ………………………………… 292

一、聲調遞用的韻律表現 ……………… 292

二、入聲韻律的節奏形態 ……………… 294

第五章　李賀近體詩聲音重複的韻律表現 …… 297

第一節　唐人詩格對聲音重複的韻律討論 … 298

一、文病對聲音重複韻律的討論 ……… 298

二、用韻對聲音重複韻律的討論 ……… 299

三、對偶對聲音重複韻律的討論⋯⋯⋯⋯ 299
第二節　李賀近體詩同字重複的韻律表現⋯⋯ 300
一、單一詩句中出現同字重複⋯⋯⋯⋯⋯ 300
二、兩句間出現同字重複⋯⋯⋯⋯⋯ 304
第三節　部分音素重複的韻律表現⋯⋯⋯⋯ 306
一、雙聲的韻律表現⋯⋯⋯⋯⋯⋯⋯ 308
二、疊韻的韻律表現⋯⋯⋯⋯⋯⋯⋯ 317
三、部分音素重複的對應表現⋯⋯⋯⋯ 323
第四節　小結⋯⋯⋯⋯⋯⋯⋯⋯⋯⋯ 328
一、雙聲韻律的突出表現⋯⋯⋯⋯⋯⋯ 328
二、疊字、疊韻的韻律特色⋯⋯⋯⋯⋯ 329
三、重複音響的多元對應⋯⋯⋯⋯⋯⋯ 330

第六章　結　論⋯⋯⋯⋯⋯⋯⋯⋯⋯⋯ 333
第一節　李賀近體詩的韻律表現⋯⋯⋯⋯⋯ 334
一、頭韻的韻律表現⋯⋯⋯⋯⋯⋯⋯⋯ 334
二、韻母的韻律表現⋯⋯⋯⋯⋯⋯⋯⋯ 336
三、聲調的韻律表現⋯⋯⋯⋯⋯⋯⋯⋯ 341
四、聲音重複的韻律表現⋯⋯⋯⋯⋯⋯ 344
第二節　李賀近體詩的朗誦效果⋯⋯⋯⋯⋯ 348
第三節　本文檢討與研究展望⋯⋯⋯⋯⋯⋯ 353

參考文獻⋯⋯⋯⋯⋯⋯⋯⋯⋯⋯⋯⋯ 357

附錄　李賀近體詩擬音表⋯⋯⋯⋯⋯⋯⋯ 369

表目次
表 1-1　近體詩詩目表⋯⋯⋯⋯⋯⋯⋯⋯ 20
表 1-2　近體詩異文統計表⋯⋯⋯⋯⋯⋯ 31
表 2-1　中古聲母表⋯⋯⋯⋯⋯⋯⋯⋯ 59
表 2-2　聲母發音部位統計表⋯⋯⋯⋯⋯ 62
表 2-3　聲母發音方法統計表⋯⋯⋯⋯⋯ 62
表 2-4　聲母清濁表現統計表⋯⋯⋯⋯⋯ 63
表 2-5　聲母字母次數統計表⋯⋯⋯⋯⋯ 64
表 2-6　單一詩句頭韻統計表⋯⋯⋯⋯⋯ 74
表 2-7　兩句間的頭韻表現統計表⋯⋯⋯ 83

表 2-8　李賀近體詩連環相諧的類型統計表‥116
表 2-9　連環相諧聲母類別統計表…………117
表 2-10　五言詩連環相諧音節位置統計表……117
表 2-11　七言詩連環相諧音節位置統計表……118
表 2-12　連環相諧出現相同聲母相諧統計表‥118
表 2-13　連環相諧貫串三句以上的聲類統計表‥119
表 2-14　三種頭韻類型的聲類表現統計表……121
表 2-15　五言詩頭韻音節位置統計表………123
表 2-16　七言詩頭韻音節位置統計表………123
表 3-1　韻部合用比較表…………………145
表 3-2　韻部合用統計表…………………147
表 3-3　首句入韻統計表…………………151
表 3-4　五言詩句中韻韻類及音節位置統計表 169
表 3-5　包含型句中韻的舌位變化表………176
表 3-6　七言詩句中韻韻類統計表…………178
表 3-7　句中韻韻類統計表 ………………179
表 3-8　韻尾類型統計表 …………………182
表 3-9　單一詩句韻尾相諧統計表…………192
表 3-10　單一詩句韻尾交錯統計表…………198
表 3-11　同音節韻尾相諧統計表 …………216
表 3-12　首字、末字韻尾交錯韻律統計表……224
表 3-13　李賀近體詩合用韻部與《廣韻》同用
　　　　韻部對照表………………………225
表 4-1　李賀近體詩單一詩句聲調遞用類型統
　　　　計表………………………………242
表 4-2　單一詩句聲調遞用組合統計表………249
表 4-3　五言詩入聲音節位置統計表………266
表 4-4　五言詩一句中出現一個入聲的音節
　　　　位置統計表………………………267
表 4-5　五言詩一句中出現連續兩個入聲的
　　　　音節位置統計表…………………268
表 4-6　五言詩一句中出現兩個隔字入聲的
　　　　音節位置統計表…………………271

表 4-7　五言詩單一詩句入聲類型統計表 …… 273
表 4-8　七言詩入聲音節位置統計表 ……… 274
表 4-9　七言詩一句中出現一個入聲的音節
　　　　位置統計表 ……………………… 275
表 4-10　七言詩一句中出現連續兩個入聲的
　　　　音節位置統計表 ……………… 277
表 4-11　七言詩一句中出現兩個隔字入聲的
　　　　音節位置統計表 ……………… 278
表 4-12　七言詩單一詩句入聲類型統計表 …… 280
表 5-1　疊韻韻類統計表 ………………… 322

圖目次
圖 4-1　唐人詩格聲病探討之音節位置圖 …… 237
圖 4-2　入聲層遞音效示意圖 ……………… 288

第四章　從聲調論李賀近體詩的韻律風格

　　聲調是一個音節中音高變化的型式，是附屬於韻母的一種語音成分，本身是不佔發音時間的。中古時期的聲調分為平、上、去、入四聲，平、上、去、入是聲調的調類，而這四聲如何發音，調值為何？我們完全不知道。董同龢說：

> 所謂「平」「上」「去」「入」僅僅乎是那四個聲調的類名：每個調的高低如何，現時還不知道，從前的讀書人往往說「平聲平道莫低昂，上聲高呼猛烈強，去聲分明哀遠道，入聲短促急收藏。」語意既不清楚，也沒有根據。西洋人說平聲是平調，上聲是升調，去聲是降調，入聲是短促的調，也不免是望文生義的揣測。〔註1〕

如董氏所言，對於確切的調值，我們仍無法掌握，然而古人對聲調的觀察也並非空穴來風，也許只是直覺的描述，對於四聲的差別卻也提供了一個大概的輪廓。

　　對於四聲的差別，是否僅能在古人的描述上作聯想？抑或可以利用其他的語音資料來進行比對探討？今人丁邦新便以對音的方式，利用《悉曇藏》關於對譯長短音的資料，再參考羅常培〈梵文顎音五母之藏漢對音研究〉的資料，提出四聲的調值的可能性：

〔註1〕董同龢：《漢語音韻學》（臺北：文史哲出版社，2011 年），頁179。

> 中古平仄聲的區別就是平調和非平調的區別。平調指
> 平聲，非平調包括上、去、入三聲，其中上聲是高升調，
> 去聲大約是中降調，入聲是短促的調。〔註2〕

這是利用語音資料的對比得出的結果，竺師家寧認為丁氏的見解是歷
來討論中古聲調的調值最精闢的。〔註3〕前賢對於四聲的調值已有更
精準的研究成果了，以下藉前賢的研究成果來探討四聲的排列在詩句
中形成的韻律效果。

　　關於四聲韻律的說法，歷來大致有「輕重律」、「長短律」、「高
低律」三種說法。「輕重律」指的是平聲為輕音，上、去、入三聲為
重音，如顧炎武《音論》說：「其重其疾，則為上、為去、為入，其
輕其遲，則為平。」〔註4〕「長短律」指的是平聲為長音，上、去、
入三聲為短音，如江永《音學辨微》說：「平聲音長，仄聲音短。」
〔註5〕，王力也說：

> 平仄格式到底是高低律呢，還是長短律呢？我傾向於
> 承認它是一種長短律。漢語的聲調和語音的高低、長短都
> 有關係，而古人把四聲分為平仄兩類，區分平仄的標準似
> 乎是長短，而不是高低。但也可能既是長短的關係，又是
> 高低的關係。〔註6〕

王力傾向「長短律」，但也考慮到聲調是音高的變化，所以認為可
能也同時存在著「高低律」。「高低律」認為平聲是低調，上、去、
入為高調，如羅常培：「四聲與強弱絕不相干；與長短、音質間有

〔註2〕丁邦新：〈平仄新考〉，《中央研究院歷史語言研究所集刊》47本1分
　　　　（1975年12月1日），頁13。
〔註3〕竺師家寧：《聲韻學》（臺北：五南圖書出版股份有限公司，1993年
　　　　11月二版二刷），頁356。
〔註4〕〔清〕顧炎武撰，留永翔校點：《音學五書韻補正》（上海：上海古籍
　　　　出版社，2012年），頁60。
〔註5〕〔清〕江永：《音學辨微》收錄於《叢書集成續編》第20冊（上海：
　　　　上海書局，1994年），頁2。
〔註6〕王力：〈略論語言形式美〉，載於胡裕樹等編：《現代漢語參考資料》
　　　　（上海：上海教育出版社，1981年），頁514。

關係，亦不重要。其重要原素唯高低一項而已。」〔註7〕又梅祖麟
說：

> 四聲調逐漸變為以高低對立的平仄調。經過一個過渡
> 期是把平聲認為低調，上去聲為高調，而入聲是獨立的調
> 類。後來（也許是約定俗成，也許是皇帝敕令）入聲改歸
> 高調類。〔註8〕

關於這三種說法，前賢討論較多的是聲調的「長短」與「高低」兩
種韻律，也有學者將兩者合併討論的，如張世祿認為：「平、上、去
和入聲的區別，主要的在長短的關係；而平、上、去三聲彼此間的
分別，主要的在高低的關係。」〔註9〕張氏認為應該分兩種面向來
看四聲的差異，一為長短音的差別，一為高低音的差異。丁邦新也
說：「而四聲之中，由於平、上、去是普通長度的調，入聲是特別短
促的調，所以前三者與後者構成一種『長短律』，這種律在中國文學
中是『暗律』的一種，它的應用使文學作品富有韻律。」〔註10〕以
入聲對比於平、上、去三聲可以形成一種「長短」韻律，若由平、
上、去三聲所形成的韻律，則為調形或升或降或不升不降的變化。

　　探討了四聲可以形成的韻律效果後，接著要討論的是唐人如何安
排四聲的韻律。唐人在詩格中大量討論聲調的配置，近體詩就在這些
聲律建構下成立，所以探討李賀聲調的韻律之前，當先就唐人的聲律
架構及韻律美感進行檢視，如此才能在既有的聲律框架中探索詩人還
可以發揮的空間，也才能對比出李賀的聲調措置是否有特殊的審美
觀。

〔註7〕 羅常培：《漢語音韻學導論》（臺北：里仁書局，1982年），頁59。
〔註8〕 梅祖麟：〈中古漢語的聲調與上聲的起源〉，載於瘂弦主編：《中國語
　　　　言學論集》（臺北：幼獅文化，1977年），頁192。
〔註9〕 張世祿：〈詩歌當中的平仄問題〉，載於《張世祿語言學論文集》（上
　　　　海：學林出版社，1984年），頁243。
〔註10〕 丁邦新：〈平仄新考〉，《中央研究院歷史語言研究所集刊》47本1分
　　　　（1975年12月1日），頁13。

第一節　唐人詩格對聲調韻律的探討

聲律中聲調的調配是近體詩形成的一個重要指標，詩格中對聲調的討論也非常多，有文病的討論，也有整首詩聲調結構的建置。這些是唐人自覺性的韻律調配，故探討李賀近體詩聲調的韻律之前，應先就唐人如何看待四聲及如何配置聲調的面向談起，以此檢視在這些聲律觀念的籠罩下，李賀如何呈現自己聲調上的韻律。

下文先就詩格中討論聲調的文病及調聲三術兩個部分論述，並歸納兩者對聲調配置的共同想法。本節論述的引文多出自《文鏡秘府論》〔註11〕，爲避免註腳過濫，皆直接於引文後標註頁數。

一、文病中對聲調的探討

在唐人詩格中，音韻類的文病討論最多的是聲調的病犯，主要有「平頭」、「上尾」、「蜂腰」、「鶴膝」四種，以下分述之。

（一）平　頭

所謂平頭，即一聯兩句的頭兩個音節同聲調，如「芳（平）時（平）淑氣清，提（平）壺（平）台上傾。」（頁477）「芳時」與「提壺」皆爲平聲，此犯平頭。

（二）上　尾

上尾即一聯兩句末字同聲，如「衰草蔓長河（平），寒木入雲煙（平）。」（頁481）「河」與「煙」同是平聲，此犯上尾。

（三）蜂　腰

蜂腰指一句中，第二字與第五字同聲，如此「兩頭粗，中間細，似蜂腰也」（頁486）。如「聞君（平）愛我甘（平），竊獨（入）自雕飾（入）。」（頁486）「君」與「甘」同平聲，「獨」與「飾」同入聲，此犯蜂腰。

〔註11〕《文鏡秘府論》使用的版本爲1991年貫雅文化事業有限公司出版，王利器校注的《文鏡秘府論校注》。

（四）鶴 膝

所謂鶴膝，爲詩歌第五字與第十五字同聲，即四句中第一句與第三句的末字同聲。如「撥棹金陵渚（上），遵流背城闕。浪蹙飛船影（上），山掛垂輪月。」「渚」與「影」同爲上聲，此即鶴膝。

「平頭」、「上尾」探討的是兩句的頭兩字及其末字不可同聲調；「蜂腰」探討單一詩句中第二字與第五字不可同聲調；「鶴膝」則以四句爲單位，第一句末字與第三句末字不可同聲調。以上四種病犯皆強調不可同聲調，只是音節點不同而已。統合四種病犯，筆者試以圖形標示出不可同聲調的音節（每個圓圈代表一個音節，●代表不可同聲調的音節）：

圖 4-1　唐人詩格聲病探討之音節位置圖

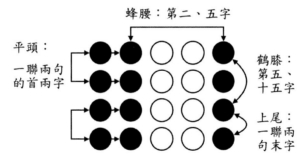

從上圖可以看出，聲調犯病的結構單位爲四句，對聲調的要求是避免相同，音節位置分爲兩類：一類是句與句相對應的音節，如一聯兩句的首兩字；一類是一句中的節奏點，如五言一句中的第二字及第五字。避此四病最主要可以形成聲調「殊異性」的韻律效果，如不犯上尾，則兩句末字聲調相異；不犯鶴膝，則四句中偶數句押韻同聲，奇數句不押韻也不同聲。

以上聲調犯病的是律體聲律建構過程中的討論，然而從齊、梁至於初、盛唐，這些討論也多有修整，如元兢《詩腦髓》認爲「平頭」兩句的第一字若都是平聲則不爲病；「上尾」在首句入韻的情形下則不爲病；「蜂腰」若第二、五字皆爲平聲也不爲病。

二、元兢《詩腦髓》對聲調韻律的建構

元兢《詩腦髓》是《文鏡秘府論》中對律體聲律建構非常重要的部分，張伯偉說：「《詩腦髓》內容，目前可考者爲『調聲』、『對屬』及『文病』三部分，反映出古詩向律詩過渡階段之理論總結。」〔註 12〕元兢的《詩腦髓》可以說是律體聲律建構完成的一個里程碑。皎然《詩議》曾說：「八病雙枯（拈），載發文蠹，遂有古、律之別。」〔註 13〕皎然認爲律體之所以能有別於古體，成爲唐代的新詩體，在於律體講求八病、雙拈。所謂雙拈即元兢《詩腦髓》調聲三術中的「換頭」，可見元兢的調聲三術是律體構成的充要條件。

所謂的調聲三術，即換頭、護腰、相承。三者皆是對聲調在詩句中的安排，提出積極性的具體建構。以下分述之：

（一）換　頭

所謂「換頭」，是在平頭的基礎上建立的。平頭病是指一聯兩句頭兩個音節同聲調，換頭是一聯兩句頭兩個音節聲調必須不同，這兩種說法是正說反說的區別而已。換頭創發之處在聯與聯之間，頭兩個音節聲調必須「相拈」，即一、二句頭兩個音節聲調相異，二、三句頭兩個音節聲調相同，三、四句頭兩個音節聲調又相異。如元兢的〈蓬州野望〉（頁 58）：

第一聯	飄（平）	颻（平）	石	渠	域
	曠（去）	望（去）	蜀	門	限
第二聯	水（上）	共（去）	三	巴	遠
	山（平）	隨（平）	八	陣	開
第三聯	橋（平）	形（平）	疑	漢	接
	石（入）	勢（去）	似	煙	回

〔註 12〕張伯偉：〈詩格論〉，《全唐五代詩格彙考》（南京：鳳凰出版社，2002年），頁 113。

〔註 13〕〔唐〕皎然著，許清雲輯校：《皎然詩式輯校新編》（臺北：文史哲出版社，1984年），頁 3。

第四聯	欲（入）	下（去）	他	鄉	淚
	猿（平）	聲（平）	幾	處	催

每句開頭兩音節的聲調安排為「平平－去去－上去－平平－平平－入去－入去－平平」，一聯之中聲調相對，聯與聯之間聲調相拈。元兢尤其以第二字為重，認為第一字若無法做到相對，則皆用平聲字亦可，這種形式又稱為「拈二」。

（二）護　腰

「護腰」僅在一聯中做討論，為上句與下句第三字不可同聲，同平聲可，同上、去、入不可。如庾信的「誰言氣（去）蓋代，晨起帳（去）中歌」（頁 62），「氣」與「帳」同為去聲，這就沒有做到護腰，是不協調的音韻。

（三）相　承

「相承」指兩句中有一句上、去、入的比例太高，另一句就以連續三個平聲字來做調和。三平聲可以在上句來平衡下句，也可以置於下句來平衡上句，如「溪壑斂暝色，雲霞收夕霏。」（頁 63）上句只有「溪」一字平聲，其餘四字都是仄聲字，所以下句以「雲霞收」連續三平聲來做調和。

三、李賀聲調韻律的探討角度

詩格的聲律結構是一種美的韻律典範，近體詩的骨架就是這套韻律模型，這是唐人自覺的建構，也是李賀創作近體詩的基本認知，故詩格關注哪些音節，李賀當是非常清楚的，詩格對四聲調配的審美觀，也應當在李賀的創作意識中，然而李賀是否也關注這些音節？在這些音節上又製造了什麼樣的韻律節奏？又李賀是否認同詩格的美感想法？這些問題都是須要藉著詩格的對照來解答的。詩格的說法提供了李賀創作意識的具體線索，藉著這些檢視角度，我們可以更肯定的說這是李賀自覺性的韻律安排。

（一）四聲齊講

詩格的討論皆以四聲「平、上、去、入」齊講，雖然元兢有「平聲為一字，上去入為一字」（頁 115）這樣二元的分法，然而這種分法並非將上、去、入併為一聲，而是將上、去、入與平聲做區別，即將四聲分為「平聲」與「非平聲」兩類。從《文鏡秘府論》中所舉的詩例，就可以發現上、去、入三聲常常是彼此分立的，如上文講元兢〈蓬州野望〉（頁58）的換頭表現，第二音節的相拈仄聲字都為去聲拈去聲。又近體詩多押平聲韻，「上尾」為一聯兩句的末字不可同聲調，非韻句末字一定是仄聲；又「鶴膝」（第五、十五字不同聲調）規定非韻句的末字不可同聲調，那麼就可以知道，這裡的「不可同聲調」指的是不可同上、同去、同入，而非不可同平、同仄了。既然唐人討論聲調皆四聲齊講，對李賀近體聲調的韻律探討，也當以四聲的概念來講，而不可化約為平、仄兩聲來論。

（二）討論的音節多位於句子的首、尾音節處

蔡瑜說：「元兢的聲律論提供給我們的思考方向是唐人的律體觀是一種講究聲律調節的詩體，調聲法只作原則性的規劃，重視關鍵位置的相互調節，並無絕對定著的平側圖譜。」〔註14〕聲律沒有一定的譜式，而是關鍵音節的相互調節，這些音節點，如文病中的「平頭」與元兢的「換頭」為一句的第一、二音節；「蜂腰」為一句的第二、五音節；「上尾」與「鶴膝」為一句的第五音節（末字）；「護腰」為一句的中間音節（第三音節）。以上這些音節點，多聚集在一句的首、尾處，這些音節當是李賀安排韻律的關鍵，故以下的討論亦應以此為觀察的重點。

（三）以平衡為音韻美的原則

文病的討論是自齊、梁延續至唐代的，齊、梁時特別強調的音韻殊異效果，到唐代時已多有調整，例如到了唐代，「平頭」兩句的

〔註14〕蔡瑜：《唐詩學探索》（臺北：里仁書局，1998 年），頁 54。

第一字若都是平聲則不爲病；「上尾」若在首句入韻的情形下亦不爲病，「蜂腰」若第二、五字皆爲平聲也不爲病。又如元兢「換頭」的建置，一聯兩句間頭兩個音節聲調相對，兩聯間頭兩個音節聲調相同，及「相承」的平聲與非平聲比例的平衡調配，都顯示出唐代聲律調和的美的觀點。太過強調聲音殊異性，則音韻缺少呼應，顯得零碎紛雜；太過強調相同的音響則淪於呆板，拿捏好兩者的平衡點，可以說是唐人律體的音韻美的內涵。李賀是否實踐了這種審美意識？這是接著我們要印證的部分。

　　唐人聲律的討論彰顯了時代的審美觀，且具體的就音節位置交代了聲調的排列法門，是研究李賀近體聲調韻律的必要參照點，然而詩格多陳列聲調模型，對於聲調所產生的韻律爲何，韻律美感何在等問題層面卻沒有進一步探索，而這就是韻律風格學當進行補足的部分，以下就四聲遞用與入聲配置兩方面描繪李賀近體聲調的韻律線條。

第二節　李賀近體詩聲調遞用的韻律表現

　　聲調遞用指的是聲調在一句中的排列方式，以及在一首詩中非韻句（即奇數句）末字上、去、入的組合表現。律體詩是經過規範的詩歌體裁，不像古體詩在聲調上有自由的組合，且李賀的大部分詩句也都符合詩格的原則，故在單一詩句的平仄安排上毌須過多的討論。今做單一詩句的聲調討論，主要聚焦在詩句中四聲的調配上，雖然詩格未標明平仄，然以平聲爲一字，上、去、入聲爲一字，實已將聲調概分爲兩大類；這種分劃，留給詩人發揮的空間不在於平聲與非平聲在一句中的比例調配，而在非平聲的上、去、入三聲可以如何擇取搭配，故單一詩句的聲調討論主要爲句中四聲搭配的形式。

　　其次，近體詩幾乎都押平聲，押韻句（偶數句）的韻腳聲調都是平聲，這也是律詩的定式，詩人可以自由發揮的部分便在非韻句（奇數句）末字的上、去、入的調配上。前人已注意到唐代有些詩

人會在這些音節位置安排自己的韻律，如清人董文煥曾說：

> 朱竹垞氏謂老杜律詩單句句腳必上、去、入皆全，今
> 考唐盛初諸家皆然，不獨少陵，且不獨句腳爲然，即本句
> 亦無三聲複用者，故能氣象雄闊，俯視一世，高下咸宜，
> 令人讀之音節鏗鏘，有抑揚頓挫之妙。〔註15〕

朱彝尊（號竹垞）發現杜甫單句句腳多四聲齊備，這就是杜甫在單句句腳上呈現的特色，董文煥進一步指出初、盛唐詩人多有如此表現，且不獨單句句腳，一句中也形成四聲皆全的頓挫音效。一句中或出句句腳四聲皆備，這是承繼齊梁時「一簡之內，音韻盡殊；兩句之中，輕重悉異」的音韻觀點，強調聲音表現的「殊異」性，如此確實在聲音的升降或長短的整體變化上較爲多元，然而其他的聲調組合又會形成如何的韻律效果？本節將在前人的這兩個觀察點上，來檢視李賀單一詩句與單句句腳的聲調表現。

一、李賀近體詩單一詩句的四聲配置

首先探討的是單一詩句中聲調配製的情形，在討論之前，先將李賀近體詩所有詩句做聲調組合的統計，統計的項目爲一句中出現兩種聲調、三種聲調、四種聲調遞用的數量及比例。所謂兩種聲調遞用，即一句詩中出現兩種不同的聲調，如〈惱公〉「秋蕪掃綺櫳」的聲調爲「平平上上平」，出現了「平聲」與「上聲」兩種聲調交遞排列，以此類推，三種聲調遞用即出現三種聲調交遞排列，四種聲調遞用即出現四種聲調交遞排列。以下爲李賀近體詩總體詩句的統計數據：

表 4-1　李賀近體詩單一詩句聲調遞用類型統計表

		兩種聲調遞用	三種聲調遞用	四種聲調遞用
五言	句數	77	329	49
	百分比	16.90%	72.10%	10.70%

〔註15〕〔清〕董文煥：《聲調四譜・卷十一》（臺北：廣文書局，1974 年），頁 417。

七言	句數	7	46	27
	百分比	8.70%	57.50%	33.70%

　　由上表可知，李賀近體不論五言、七言，皆以一句中三種聲調遞用的情形最多。五言近體其次為兩種聲調遞用，七言其次為四種聲調遞用。五言詩的一句四聲齊備的情形不如七言詩的明顯，蓋因五言詩一句的平聲字非兩即三，五字中平聲若佔三字，則四聲齊備便不可能出現，即一首詩中有一半的詩句不可能出現四聲齊備；又元兢調聲三術中「換頭」的第一個音節及「護腰」皆可同平聲，而不可同上去入，平聲出現的機率又更高了，四聲齊備的機率又更低了。七言每個句子平聲非四即三，所以每一句在客觀條件下都可能出現四聲遞用，故在比例上，七言一句四聲齊備的表現比五言多很多。今若單獨摘取李賀五言近體一句中有三個仄聲字的句子，共有195句，其中四聲齊備的有49句，佔195句的25.1%。在比例上五言依然不如七言詩，可以說李賀七言一句四聲齊備的表現確實勝於五言。

　　以下分別舉例說明，因各類詩例過多，故僅就各句型數量較多的詩例舉例，並依丁邦新「平聲是平調，上聲是高升調，去聲大約是中降調，入聲是短促的調」〔註16〕的說法，進行韻律解釋：

（一）一句中兩種聲調遞用

　　一句中兩種聲調遞用的五言共有77句，七言有7句。以下舉例討論兩種聲調的組合情形與音響表現。

1、平、上聲遞用

　　一句中平、上聲遞用的，五言有29例，七言有2例。詩例如下：

五　言

　　（1）5-1　　　　掃斷馬蹄痕（上上上平平）〈始為奉禮憶昌谷山居〉

〔註16〕丁邦新：〈平仄新考〉，《中央研究院歷史語言研究所集刊》47本1分（1975年12月1日），頁13。

（2）24-1　此馬非凡馬（上上平平上）（〈馬詩二十三首〉之四）

（3）40-4　先采眼中光（平上上平平）（〈馬詩二十三首〉之二十）

（4）48-62　秋蕪掃綺櫳（平平上上平）（〈惱公〉）

（5）68-3　沈香燻小象（平平平上上）（〈荅贈〉）

七 言

（6）44-2　君看母筍是龍材（平平上上上平平）（〈昌谷北園新
筍四首〉之一）

（7）52-4　今朝誰是拗花人（平平平上上平平）（〈酬荅二首〉
之二）

五言 29 例中以「平平上上平」這種排列情形最多，有 9 例，其音響效果為「平平升升平」；其次「平上上平平」有 7 例。七言兩例都是上聲處於一句的中間音節。

2、平、去聲遞用

一句中平、去聲遞用的，五言有 28 例，七言有 4 例。詩例如下：

五 言

（1）21-4　誰為鑄金鞭（平去去平平）（〈馬詩二十三首〉之一）

（1）48-23　弄珠驚漢燕（去平平去去）（〈惱公〉）

（2）48-55　黃庭留衛瓘（平平平去去）（〈惱公〉）

（3）58-2　種樹四時愁（去去去平平）（〈莫種樹〉）

（4）70-8　題書賜館娃（平平去去平）（〈梁公子〉）

七 言

（5）1-3　自言漢劍當飛去（去平去去平平去）（〈出城寄權璩
楊敬之〉）

（6）1-4　何事還車載病身（平去平平去去平）（〈出城寄權璩
楊敬之〉）

（7）14-4　明朝歸去事猿公（平平平去去平平）（〈南園十三首〉
之七）

（8）47-2　　　茂陵歸臥歎清貧（去平平去去平平）（〈昌谷北園新
　　　　　　　　　　笋四首〉之四）

　　五言 28 例中以「平去去平平」這種排列情形最多，有 10 例，其
音響效果爲「平降降平平」；其次「平平去去平」有 8 例。七言 4 例
多爲以兩音節爲一個單位的聲調交錯型式。

3、平、入聲遞用

　　一句中平、入聲遞用的，五言有 20 例，七言有 1 例。詩例如下：

五　言

（1）26-3　　　鬣焦朱色落（入平平入入）（〈馬詩二十三首〉之六）

（2）38-4　　　何日簇青山（平入入平平）（〈馬詩二十三首〉之十八）

（3）48-31　　腸攢非束竹（平平平入入）（〈惱公〉）

（4）50-10　　旗懸日月低（平平入入平）（〈送秦光祿北征〉）

（5）50-32　　蹙頞北方奚（入入入平平）（〈送秦光祿北征〉）

七　言

（6）44-1　　　籜落長竿削玉開（入入平平入入平）（〈昌谷北園新
　　　　　　　　　　笋四首〉之一）

　　五言 20 例中以「平平入入平」這種排列情形最多，有 8 例，其
音響效果爲「長長短短長」；其次「平入入平平」有 6 例。七言以兩
音節爲一個單位的平、入聲交錯，形成「短－長－短－長」的規律節
奏。

　　五言詩兩種聲調遞用的 77 例中，以平、上聲遞用的 29 例最多，
其次平、去聲 28 例，其次平、入 20 例。遞用的形式以「平平仄仄
平」的形式最多。七言詩兩種聲調遞用的 7 例中，以平、去遞用的
4 例最多，其次平、上 2 例，平、入 1 例。兩個聲調遞用在聲音的
高低或長短變化上較爲單純，這一類的音響是升調與平調，降調與
平調，舒聲與促聲的交錯，如〈始爲奉禮憶昌谷山居〉「掃斷馬蹄痕」
爲「升升升平平」，〈梁公子〉「題書賜館娃」爲「平平降降平」，〈昌
谷北園新笋四首〉之一「籜落長竿削玉開」爲「短短長長短短長」。

（二）一句中三種聲調遞用

一句中三種聲調遞用的五言共有 329 句，七言有 46 句。以下舉例分別討論三種聲調的組合情形與音響表現。

1、平、上、去遞用：

一句中平、上、去聲遞用的，五言有 122 例，七言有 15 例。詩例如下：

五　言

（1）2-6　　　人間底事無（平平上去平）（〈示弟〉）

（1）48-3　　歌聲春草露（平平平上去）（〈惱公〉）

（2）48-92　夫位在三宮（平去上平平）（〈惱公〉）

（3）59-5　　路指臺城迴（去上平平上）（〈追賦畫江潭苑四首〉之一）

七　言

（4）8-1　　花枝草蔓眼中開（平平上去上平平）（〈南園十三首〉之一）

（5）15-1　春水初生乳燕飛（平上平平上去平）（〈南園十三首〉之八）

（6）16-1　泉沙奭臥鴛鴦暖（平平上去平平上）（〈南園十三首〉之九）

（7）51-3　行處春風隨馬尾（平去平平平上上）（〈酬答二首〉之一）

五言 122 例中以「平平上去平」這種排列情形最多，有 16 例，其音響效果為「平平升降平」；其次「平去上平平」有 11 例。七言詩例三聲組合形式較多，每種組合形式最多只有 2 例。

2、平、上、入遞用：

一句中平、上、入聲遞用的，五言有 89 例，七言有 15 例。詩例如下：

五　言

（1）5-10　　山杯鎖竹根（平平上入平）（〈始為奉禮憶昌谷山居〉）

（1）33-1　　寶玦誰家子（上入平平上）（〈馬詩二十三首〉之十三）

（2）48-39　心搖如舞鶴（平平平上入）（〈惱公〉）

（3）54-2　　蜂子作花心（平上入平平）（〈謝秀才有妾縞練改從於人秀才留之不得後生感憶座人製詩嘲誚賀復繼四首〉之三）

七　言

（4）10-1　　竹裡繰絲挑網車（入上平平上上平）（〈南園十三首〉之三）

（5）15-3　　窗含遠色通書幌（平平上入平平上）（〈南園十三首〉之八）

（6）18-1　　長巒谷口倚嫆家（平平入上上平平）（〈南園十三首〉之十一）

五言89例中以「平平上入平」這種排列情形最多，有10例，其音響效果爲「長長長短長」，在前三個長音的音節上又有「平平升」的音效。七言詩例三聲組合形式較多，每種組合形式最多只有2例。

3、平、去、入遞用：

一句中平、去、入聲遞用的，五言有118例，七言有10例。詩例如下：

五　言

（1）4-5　　別館驚殘夢（入去平平去）（〈同沈駙馬賦得御溝水〉）

（1）7-3　　雲生朱絡暗（平平平入去）（〈過華清宮〉）

（2）50-26　當唇注玉罍（平平去入平）（〈送秦光祿北征〉）

七　言

（3）10-2　　青蟬獨噪日光斜（平平入去入平平）（〈南園十三首〉之三）

（4）11-4　　　因遺戎韜一卷書（平上平平入上平）（〈南園十三首〉
　　　　　　　之四）

（5）45-4　　　露壓煙啼千萬枝（去入平平平上平）（〈昌谷北園新
　　　　　　　筍四首〉之二）

　　五言 118 例中以「平平去入平」這種排列情形最多，有 19 例，其音響效果爲「長長長短長」，在前三個長音的音節上又有「平平降」的音效。七言詩例三聲組合形式較多，每種組合形式最多只有 2 例。

　　五言詩一句中三種聲調遞用的 329 例中，以平、上、去三聲遞用的 122 例最多，其次平、去、入 118 例，其次平、上、入 89 例。遞用的句式以「仄仄仄平平」的 96 句最多，其次「平平仄仄平」有 83 句。七言詩以平、上、去及平、上、入遞用的情形最多，各有 15 例最多，其次平、去、入 10 例。遞用的句式以「仄仄平平仄仄平」的 16 句最多，其次「平平仄仄仄平平」有 14 句。三種聲調遞用在聲音的高低或長短變化上比兩種聲調的複雜，平、上、去三聲遞用爲音高升降的變化，如〈南園十三首〉之一「花枝草蔓眼中開」（平平上去上平平），其音高的變化爲「平平升降升平平」。平、上、入與平、去、入三聲遞用皆爲長短與高低的複合音效，如〈始爲奉禮憶昌谷山居〉「山杯鎖竹根」（平平上入平）爲「長長長短長」的音效，前三音節又是「平平升」的變化；又如〈南園十三首〉之三「青蟬獨噪日光斜」（平平入去入平平）爲「長長短長短長長」，其中音高到中間第四音節爲下降的變化，前後音組爲平衡的音高，形成「平－降－平」的音高表現。

（三）一句中四種聲調遞用

　　一句中四聲遞用的，五言有 49 例，七言有 27 例。詩例如下：

五　言

（1）5-9　　　土甎封茶葉（上去平平入）（〈始爲奉禮憶昌谷山居〉）

（1）29-3　　　夜來霜壓棧（去平平入上）（〈馬詩二十三首〉之九）

（2）48-72　　峽雨濺輕容（入上去平平）（〈惱公〉）

七　言

（3）9-3　　　長腰健婦偷攀折（平平去上平平入）（〈南園十三首〉
　　　　　　　之二）

（4）13-3　　　不見年年遼海上（入去平平平上去）（〈南園十三首〉
　　　　　　　之六）

（5）13-1　　　尋章摘句老雕蟲（平平入去上平平）（〈南園十三首〉
　　　　　　　之六）

（6）18-3　　　自履藤鞋收石蜜（去上平平平入入）（〈南園十三首〉
　　　　　　　之十一）

　　五言 49 例中以「入上去平平」這種排列情形最多，有 6 例，其音響效果爲「短長長長長」，後面四個長音又有「升降平平」的音效。七言詩例四聲組合形式較多，以「仄仄平平仄仄平」這類句式最多。

　　總結李賀近體詩一句中的四聲配置，如下表：

表 4-2　單一詩句聲調遞用組合統計表

聲調組合	一句兩種聲調			一句三種聲調			一句四種聲調
	平、上	平、去	平、入	平、上、去	平、上、入	平、去、入	
五言	29	28	20	122	89	118	49
合計	77			329			49
七言	2	3	1	15	15	10	27
合計	6			40			27

　　五言與七言皆以一句三種聲調遞用的表現最突出，尤其是五言，佔了整體詩句的七成以上。其次，七言詩在一句四聲皆備的表現上較五言明顯，佔七言總詩句的三分之一。大體來說，五言以一

句三種聲調遞用為聲調配置的主調，七言則以一句三種及一句四種聲調遞用為主體。

　　一句三聲遞用的句式，五言以「平、上、去」三聲的組合形式最多，其次「平、去、入」，兩者差距不大；七言以「平、上、去」及「平、上、入」的組合最多。五言一句兩聲遞用的以「平、上」的組合最多，其次「平、去」，七言則以「平、去」最多。

　　就各類最多的聲調組合句式來看，七言聲調組合的形式較多，較沒有特別突出的句式，五言方面，一句兩種聲調遞用的，各類最多的句式分別為：「平平上上平」、「平去去平平」、「平平入入平」，這三種句式的共同點為上、去、入在句中只佔兩個音節，若連續三個上、去、入，則聲音變化太過單調；且上、去、入置於句子中間的音節，與平聲交錯的韻律更為明顯。一句三種聲調遞用的，各類最多的句式分別為：「平平上去平」、「平平上入平」、「平平去入平」，三者的共通點也是上、去、入置於句子中間的音節，且皆為「平平仄仄平」的排列。四聲齊備最多的句式為：「入上去平平」，上、去、入集中在前三音節，前三音節在音長與音高上連續變化，後兩音節以舒緩的平聲收尾。總的來說，以上這些句式代表李賀對一句聲調安排的慣性，這些句式都是在韻句（偶數句）上，即李賀在韻句上的聲調安排較為固定，與非韻句較多樣的聲調組合相互調和，呈現和諧的韻律效果。

　　大抵「平、上、去」三聲的組合，主要呈現音高升降的變化，若加入「入」聲，則在音長上便會產生長短的節奏。四聲齊備的句子即集合了這兩種聲音變化，為變化性最高的聲調組合，然而若句句四聲齊備，尤其五言只有五個字，那麼聲音的變化頻率太高，節奏太過緊湊，也未必能達到聲音的和諧美。唐人詩格重視聲音的平衡美，也許在李賀以三聲遞用為主調，四聲遞用為點綴的安排，更能呈現出舒緩有節的韻律美。

二、李賀律詩出句句腳的聲調安排

　　出句句腳指的是一聯中上句的最後一個字，近體詩多押平聲，

故出句句腳多爲仄聲。按「鶴膝」的說法，兩聯的出句句腳若皆爲仄聲，則不可同上、同去或同入，亦即相鄰的出句句腳聲調不可相同，這樣的韻律較具變化性。更進一步的，若八句律詩四個出句句腳四聲遞用，董文煥認爲如此「令人讀之音節鏗鏘，有抑揚頓挫之妙」〔註17〕。不論聽覺上是否眞能感受到隔了九個字後（即一個出句句腳到下一個出句句腳的音節長度）的聲調變化，在聲調的安排形式上確實是變化俱全了。出句句腳四聲皆備，勢必得刻意的安排，然而合於四聲的用字未必合於詩意，故王力說：

> 出句句腳上去入俱全，這是理想的形式。最低限度也應該避免鄰近的兩聯出句句腳聲調相同，否則就是上尾。鄰近的兩個出句句腳聲調相同，是小病；三個相同是大病；如果四個相同，或首句入韻而其餘三個出句句腳聲調都相同，就是嚴重的上尾。這種最嚴重的上尾，唐詩裡並不多見。〔註18〕

王力所說的上尾，即唐人詩格中的鶴膝病。王力乃承清人說法，而唐人詩格中清楚的說明：「五言詩中，第五字不得與第十字同聲，名爲上尾。」〔註19〕「鶴膝詩者，五言詩第五字不得與第十五字同聲。」〔註20〕上尾是兩句的末字不可同聲調，而鶴膝是四句中第一句與第三句（即相鄰兩聯的出句）不可同聲調。既然唐人詩格定義的十分清楚，以下當依唐人詩格以「鶴膝」的名稱稱之。王力認爲無法四聲皆備，至少做到不犯鶴膝，否則就是一種「聲病」了。

如此說來，鶴膝病當列入聲律之中，以作爲調聲的重要原則，然而王力又說：「四聲的遞用和上尾的避忌，應該不能算爲一種詩

〔註17〕〔清〕董文煥：《聲調四譜・卷十一》（臺北：廣文書局，1974年），頁417。
〔註18〕王力：《漢語詩律學》（香港：中華書局，1976年初版，1999年再版），頁127。
〔註19〕〔日〕遍照金剛撰，王利器校注：《文鏡秘府論校注》（臺北：貫雅文化事業有限公司，1991年），頁480。
〔註20〕〔日〕遍照金剛撰，王利器校注：《文鏡秘府論校注》（臺北：貫雅文化事業有限公司，1991年），頁492。

律。四聲的遞用只能認爲某一些詩人的作風，上尾的避忌，至多也只能認爲技巧上應注意之點。」〔註21〕這樣看來鶴膝的病犯似乎在律詩的實踐中漸漸弱化，而成爲個人風格或作詩技巧，亦即鶴膝不甚病，大概注意一下即可。反過來說，既然不犯鶴膝是一種技巧，那句句犯鶴膝是否可以成爲另一種技巧的呈現？以下以此來檢視李賀五言律詩的表現。

（一）李賀八句律詩出句句腳的聲調安排

李賀八句的律詩有 17 首，其出句句腳的聲調安排有下列幾種情形：

1、四個出句句腳四聲齊備

（1）〈追賦畫江潭苑四首〉之四

十騎簇芙蓉（平），宮衣小隊紅。
練香熏宋鵲（入），尋箭踏盧龍。
旗溼金鈴重（去），霜乾玉鐙空。
今朝畫眉早（上），不待景陽鐘。

（2）〈梁公子〉

風采出蕭家（平），本是菖蒲花。
南塘蓮子熟（入），洗馬走江沙。
御牋銀沫冷（上），長簟鳳窠斜。
種柳營中暗（去），題書賜館娃。

2、四個出句句腳三聲遞換，不犯鶴膝

（1）〈七夕〉

別浦今朝暗（去），羅帷午夜愁。
鵲辭穿線月（入），花入曝衣樓。
天上分金鏡（去），人間望玉鉤。

〔註21〕王力：《漢語詩律學》（香港：中華書局，1976 年初版，1999 年再版），頁 130。

錢塘蘇小小（上），更值一年秋。

（2）〈南園十三首〉之十三

小樹開朝逕（去），長茸濕夜煙。

柳花驚雪浦（上），麥雨漲溪田。

古剎疎鐘度（去），遙嵐破月懸。

沙頭敲石火（上），燒竹照漁船。

（3）〈謝秀才有妾縞練改從於人秀才留之不得生感憶座人製詩嘲謝賀復繼四首三〉

洞房思不禁（平），蜂子作花心。

灰暖殘香炷（去），髮冷青蟲簪。

夜遙燈焰短（上），睡熟小屏深。

好作鴛鴦夢（去），南城罷擣碪。

以上兩類皆不犯鶴膝，四聲齊備的有 2 首，上、去、入遞換，不犯鶴膝者有 3 首。四聲齊備的兩首，四個出句字腳的前兩個，都是第一個平聲、第二個入聲的次序。三聲遞換，不犯鶴膝的三首，多爲去聲與上聲的遞換使用，尤其〈南園十三首〉之十三更是單純去聲與上聲的交錯排列。

3、四個出句句腳中有兩個聲調相同

（1）〈同沈駙馬賦得御溝水〉

入苑白泱泱（平），宮人正豔黃。

繞堤龍骨冷（上），拂岸鴨頭香。

<u>別館驚殘夢（去）</u>，停杯泛小觴。

<u>幸因流浪處（去）</u>，暫得見何郎。

（2）〈畫角東城〉

河轉曙蕭蕭（平），鴉飛睥睨高。

帆長摽越甸（去），壁冷挂吳刀。

<u>淡菜生寒日（入）</u>，鮞魚漲白濤。

水花霑抹額（入），旗鼓夜迎潮。

（3）〈**謝秀才有妾縞練改從於人秀才留之不得生感憶座人製詩嘲謝賀復繼四首四**〉

尋常輕宋玉（去），今日嫁文鴛。

戟幹橫龍簴（上），刀環倚桂窗。

邀人裁半袖（去），端坐據胡牀。

淚濕紅輪重（去），栖鳥上井梁。

（4）〈**追賦畫江潭苑四首**〉之一

吳苑曉蒼蒼（平），宮衣水濺黃。

小鬟紅粉薄（入），騎馬珮珠長。

路指臺城迥（上），羅薰袴褶香。

行雲霑翠輦（上），今日似襄王。

（5）〈**追賦畫江潭苑四首**〉之二

寶袜菊衣單（平），蕉花密露寒。

水光蘭澤葉（入），帶重剪刀錢。

角暖盤弓易（去），靴長上馬難。

淚痕霑寢帳（去），勻粉照金鞍。

（6）〈**追賦畫江潭苑四首**〉之三

剪翅小鷹斜（平），紹根玉鏇花。

鞦垂妝鈿粟（入），箭箙釘文牙。

鸑鸑啼深竹（入），鵁鶄老溼沙。

宮官燒蠟火（上），飛爐汙鉛華。

（7）〈**感春**〉

日暖自蕭條（平），花悲北郭騷。

榆穿萊子眼（上），柳斷舞兒腰。

上幕迎神燕（去），飛絲送伯勞。

胡琴今日恨（去），急語向檀槽。

　　兩個出句句腳聲調相同的有 7 例，以兩個出句句腳聲調皆為去聲的詩例最多，7 例中有 4 例。聲調相同的位置通常位於頸聯、尾聯的位置，即律詩四聯，前兩聯出句句腳聲調不同，後兩聯相同。

4、四個出句句腳中有三個聲調相同

（1）〈竹〉

　　入水文光動（上），抽空綠影春。

　　<u>露華生筍徑（去）</u>，苔色拂霜根。

　　<u>纖可承香汗（去）</u>，裁堪釣錦鱗。

　　<u>三梁曾入用（去）</u>，一節奉王孫。

（2）〈荅贈〉

　　<u>本作張公子（上）</u>，曾名夢綠華。

　　<u>沉香燻小象（上）</u>，楊柳伴啼鴉。

　　<u>露重金泥冷（上）</u>，杯闌玉樹斜。

　　琴堂沽酒客（入），新買後園花。

5、全首出句句腳聲調相同（不包含首句入韻的第一個出句）

（1）〈示弟〉

　　別弟三年後（上），還家一日餘。

　　釀醅今日酒（上），細帙去時書。

　　病骨猶能在（上），人間底事無。

　　何須問牛馬（上），拋擲任梟盧。

（2）〈過華清宮〉

　　春月夜啼鴉（平），宮簾隔御花。

　　雲生朱絡暗（去），石斷紫錢斜。

　　玉椀盛殘露（去），銀燈點舊紗。

　　蜀王無近信（去），泉上有芹芽。

（3）〈馮小憐〉

　　灣頭見小憐（平），請上琵琶弦。

破得春風恨（去），今朝直幾錢。

裙垂竹葉帶（去），鬢濕杏花煙。

玉冷紅絲重（去），齊宮妾駕鞍。

第 4、5 類兩類，王力稱爲「大病」及「最嚴重的上尾」，李賀這兩類共有 5 首詩，三個出句句腳聲調相同的有 2 首，全首出句同聲調的（不包含首句入韻的第一個出句）有 3 首；兩類皆爲連續的去聲或上聲。

李賀 17 首八句律詩的出句聲調組合，以「兩個出句句腳聲調相同」這一類最多，有 7 首，且句腳聲調相同的兩個出句多位於四聯的後兩聯。此外，不犯「鶴膝」的，與嚴重犯「鶴膝」的各有 5 首。整體來說，李賀八句律詩以犯「鶴膝」的情形爲多，17 首中有 12 首。清人董文煥認爲，這種犯鶴膝的情形是因爲四聲遞用的詩法失傳：

> 唐律格調高處，在句中四聲遞用。……蓋四聲之說創
> 自東陽初唐諸公，遞相祖述，至沈宋而研鍊盡致，故其詩
> 皆高古渾樸，絕無卑靡之音，盛唐相去未遠，恪守宗法，
> 並非絕無師承，可比中晚而後，漸失此法，宋元人更無知
> 者。〔註22〕

究竟李賀犯「鶴膝」是不知此種調聲法而犯，還是別有用意？或許可以從李賀排律的表現來做一對照。李賀除了 17 首八句律詩外，尚有五言排律 7 首：〈始爲奉禮憶昌谷山居〉12 句，〈惱公〉100 句，〈送秦光祿北征〉44 句，〈潞州張大宅病酒遇江使寄上十四兄〉24 句，〈王濬墓下作〉12 句，〈釣魚詩〉12 句，〈奉和二兄罷使遣馬歸延州〉12 句。從這些較長的詩篇來看出句句腳聲調的安排，更能確定犯鶴膝是否爲李賀出句句腳韻律安排的常態，並探討是否有特別的用意。

〔註22〕〔清〕董文煥：《聲調四譜‧卷十一》（臺北：廣文書局，1974 年），頁 418。

（二）李賀排律出句句腳的聲調安排

李賀七首排律中，僅有一首〈王濬墓下作〉從頭至尾未犯「鶴膝」，詩文如下：

人間無阿童（平），猶唱水中龍。
白草侵煙死（上），秋藜遶地紅。
古書平黑石（入），袖劍斷青銅。
耕勢魚鱗起（上），墳科馬鬣封。
菊花垂溼露（去），棘徑臥乾蓬。
松柏愁香澀（入），南原幾夜風。

其餘排律多有出句句腳聲調相同，甚至有多達五個出句句腳聲調相同的情形，以下依出句句腳聲調相同的句數列舉詩例討論。

1、兩個出句句腳聲調相同

（1）〈惱公〉第7～10句

曉奩粧秀靨（入），夜帳減香筒。
鈿鏡飛孤鵲（入），江圖畫水葓。

（2）〈惱公〉第25～28句

醉纈拋紅網（上），單羅挂綠蒙。
數錢教姹女（上），買藥問巴賨。

（3）〈惱公〉第31～34句

腸攢非束竹（入），眩急是張弓。
晚樹迷新蝶（入），殘蜺憶斷虹。

（4）〈惱公〉第39～42句

心搖如舞鶴（入），骨出似飛龍。
井欄淋清漆（入），門鋪綴白銅。

（5）〈惱公〉第45～48句

玳瑁釘簾薄（入），琉璃疊扇烘。
象牀緣素柏（入），瑤席卷香蔥。

（6）〈惱公〉第 65〜68 句

> 短佩愁鈿粟（入），長絃怨削菘。
>
> 曲池眠乳鴨（入），小閣睡娃僮。

（7）〈惱公〉第 83〜86 句

> 春遲王子態（去），鶯囀謝娘慵。
>
> 玉漏三星曙（去），銅街五馬逢。

（8）〈送秦光祿北征〉第 3〜6 句

> 髯胡頻犯塞（去），驕氣似橫霓。
>
> 灞水樓船渡（去），營門細柳開。

（9）〈送秦光祿北征〉第 33〜36 句

> 守帳然香暮（去），看鷹永夜棲。
>
> 黃龍就別鏡（去），青冢念陽臺。

（10）〈送秦光祿北征〉第 41〜44 句

> 內子攀琪樹（去），羌兒奏落梅。
>
> 今朝擎劍去（去），何日刺蛟迴。

（11）〈釣魚詩〉第 3〜6 句

> 菱絲縈獨繭（上），蒲米蟄雙魚。
>
> 斜竹垂清沼（上），長綸貫碧虛。

（12）〈奉和二兄罷使遣馬歸延州〉第 1〜4 句

> 空留三尺劍（去），不用一丸泥。
>
> 馬向沙場去（去），人歸故國來。

兩個出句句腳聲調相同在六首排律中有 12 個詩例，以同入聲、同去聲各 5 例最多。

2、三個出句句腳聲調相同

（1）〈惱公〉第 59〜64 句

> 黃娥初出座（去），寵妹始相從。
>
> 蠟淚垂蘭燼（去），秋蕪掃綺櫳。

吹笙翻舊引（去），沽酒待新豐。

（2）〈始爲奉禮憶昌谷山居〉第 7～12 句

犬書曾去洛（入），鶴病悔遊秦。

土甌封茶葉（入），山杯鎖竹根。

不知船上月（入），誰棹滿溪雲。

（3）〈潞州張大宅病酒遇江使寄上十四兄〉第 1～6 句

秋至昭關後（上），當知趙國寒。

繫書隨短羽（上），寫恨破長箋。

病客眠清曉（上），疎桐墜綠鮮。

（4）〈潞州張大宅病酒遇江使寄上十四兄〉第 11～16 句

木窗銀跡畫（去），石磴水痕錢。

旅酒侵愁肺（去），離歌繞懦弦。

詩封兩條淚（去），露折一枝蘭。

三個出句句腳聲調相同的有 4 例，去聲 2 例，上、入聲各 1 例。

3、四個出句句腳聲調相同

（1）〈送秦光祿北征〉第 15～22 句

風吹雲路火（上），雪汙玉關泥。

屢斷呼韓頸（上），曾然董卓臍。

太常猶舊寵（上），光祿是新隮。

寶玦麒麟起（上），銀壺狒狨啼。

（2）〈送秦光祿北征〉第 25～32 句

呵臂懸金斗（上），當脣注玉罌。

清蘇和碎蟻（上），紫膩卷浮杯。

虎鞿先蒙馬（上），魚腸且斷犀。

趑趄西旅狗（上），虪頟北方奚。

四個出句句腳聲調相同有 2 例，皆爲上聲詩例，且皆爲〈送秦光祿北征〉的詩文。

4、五個出句句腳聲調相同

（1）〈惱公〉第 11～20 句

　　陂陀梳碧鳳（去），嫋裊帶金蟲。

　　杜若含清露（去），河蒲聚紫茸。

　　月分蛾黛破（去），花合靨朱融。

　　髮重疑盤霧（去），腰輕乍倚風。

　　密書題荳蔻（去），隱語笑芙蓉。

五個出句句腳聲調相同有 1 例，為去聲詩例。

　　總計以上詩例，兩個出句句腳聲調相同的有 12 例，三個的有 4 例，四個的有 2 例，五個的有 1 例，共 98 句，佔七首排律 216 句的 45%。即李賀排律有將近一半的詩句犯「鶴膝」，由此可知，這種出句句腳聲調相同的韻律形式為李賀律體常見的安排。這種安排究竟是刻意或是無心為之，這個部分可以就兩方面來驗證：一為入聲的運用，二為三個以上出句句腳聲調相同的詩例，與詩意的關聯性。

　　入聲字本身數量就少，除非刻意安排，否則不容易在詩中形成結構性的韻律。所謂的結構性的韻律指的是在一首詩中句與句之間相同的音節點，或聯與聯之間相對應的音節點的音響相互呼應。在李賀排律兩個出句句腳聲調相同的 12 個例子中，入聲就佔了 5 例，三個出句句腳聲調相同的，入聲也有 1 例。由此可見，李賀定是刻意安排，才有如此的韻律表現。接著是，再就三個以上（含）出句句腳相同的詩例來驗證，檢視其與詩意的關聯性。

（三）李賀五言律詩出句句腳的安排與詩歌內容的關係

1、排律出句句腳的安排與詩歌內容的關係

　　兩句出句句腳聲調相同，或許是巧合，若接二連三出句句腳聲調相同，那麼自覺性的韻律安排的可能性就比較大。如〈惱公〉第 11～20 句五個出句句腳聲調同為去聲，在這一連串同為去聲的句子之前，是連續兩個入聲的出句句腳，排列如下：

〈惱公〉第 7～10 句

曉奩粧秀靨（入），夜帳減香筒。

鈿鏡飛孤鵲（入），江圖畫水葓。

〈惱公〉第 11～20 句

陂陀梳碧鳳（去），嬝裊帶金蟲。

杜若含清露（去），河蒲聚紫茸。

月分蛾黛破（去），花合靨朱融。

髮重疑盤霧（去），腰輕乍倚風。

密書題荳蔲（去），隱語笑芙蓉。

第 7 到 10 句連續兩個入聲出句句腳，描述的是〈惱公〉詩中女子早起準備裝扮，閨房中的擺置，有香筒、鈿鏡、屏風。從第 11 句起，出句句腳轉為去聲，詩意也轉為女子裝扮的細部描述：梳頭、戴髮飾、畫眉、抹胭脂等等。詩意段落與出句句腳的聲調轉換是相扣合的。

又如〈送秦光祿北征〉有兩組四個出句句腳同為上聲的詩句，這兩組詩句中間僅隔兩句，排列如下：

〈送秦光祿北征〉第 15～22 句

風吹雲路火（上），雪汙玉關泥。

屢斷呼韓頸（上），曾然董卓臍。

太常猶舊寵（上），光祿是新隮。

寶玦麒麟起（上），銀壺狒狖啼。

〈送秦光祿北征〉第 23～24 句

桃花連馬發（入），綵絮撲鞍來。

〈送秦光祿北征〉第 25～32 句

呵臂懸金斗（上），當脣注玉罍。

清蘇和碎蟻（上），紫膩卷浮杯。

虎鞹先蒙馬（上），魚腸且斷犀。

趬趫西旅狗（上），䞭頷北方奚。

〈送秦光祿北征〉第 15～24 句出句句腳連續四個上聲，後接一個入聲，這個段落是描述戰場艱辛，秦光祿整備討伐敵人；第 25～32 句，又連續四個上聲，李賀回過頭寫秦光祿新拜將命時，皇帝賜酒、賜宴，賜予配備、武器、猛犬、奚奴。這兩個段落在氣勢上是彼此延續的，與兩段皆用連續的上聲句腳能夠相應；然而在內容上有時間先後的差別，中間以一入聲句腳做分隔，亦與詩意段落相合。

再如〈潞州張大宅病酒遇江使寄上十四兄〉第 11～16 句：

> 木窗銀跡畫（去），石磴水痕錢。
>
> 旅酒侵愁肺（去），離歌繞懦弦。
>
> 詩封兩條淚（去），露折一枝蘭。

這六句是說李賀客中臥病，居所木窗花紋剝蝕，親朋無有往來，苔痕長滿臺階；哀愁滿懷，寄詩如寄愁淚，所遭摧抑直如露折蘭枝。至此結束客中臥病的描述，接下來的詩文轉為拿客中臥病的情況和十四兄處境對比，來表達思念之情，出句句腳的連續上聲也在這結束，與詩歌段落相呼應。

由以上的觀察，李賀五言律詩的出句句腳聲調相同的安排是刻意的，且接二連三的同聲調句腳的安排，也多與詩的段落有關，我們可以說李賀刻意在出句句腳上，使用連續相同的聲調，來與詩文段落呼應。連用什麼聲調代表什麼情感的部分則無有定論，如〈惱公〉出句句腳連用五個去聲來描寫女子裝扮的美好，而〈潞州張大宅病酒遇江使寄上十四兄〉連用三個去聲描寫的卻是病中的愁苦，所以我們無法證得情感與聲調間的必然關聯。

2、八句律詩出句句腳的安排與詩歌內容的關係

既然李賀在排律的出句句腳的安排與詩意段落有明顯的關聯，那麼回過頭檢視八句律詩，出句句腳連續同聲調的詩例有何共同之處，並以出句句腳四聲皆備的詩歌來作為對照，探究出句句腳如此安排的原因。

八句律詩不像排律有段落架構，故無法就段落的部分進行比

對，可以探討的面向轉爲詩文描述的題材，與詩歌的情感的部分。首先，在出句句腳連續同聲調的部分，整首出句句腳同聲調的詩有〈示弟〉、〈過華清宮〉、〈馮小憐〉，連續三個同聲調的有〈竹〉、〈苕贈〉。〈示弟〉寫李賀科考落第的激憤，〈過華清宮〉描述華清宮之荒涼殘破，〈馮小憐〉述歌女繁華落盡的無奈，三者皆爲較明確的低落情緒。〈竹〉爲詠竹，似有暗寓自身的抱負，期望才得見用，〈苕贈〉爲內容貴公子家新買寵妓、宴客而作。這兩首詩在情感表現上並未十分明確，然而〈苕贈〉同聲調的句腳似乎可以與詩意相合，詩文如下：

> 本作張公子（上），曾名蕚綠華。
>
> 沉香燻小象（上），楊柳伴啼鴉。
>
> 露重金泥冷（上），杯闌玉樹斜。
>
> 琴堂沽酒客（入），新買後園花。

〈苕贈〉前六句寫寵妓，寫夜宴，最後兩句則點出原來是新獲美妓而設宴。三個出句句腳連用上聲，與詩意亦能相應。

　　接著再看出句四聲皆備的詩歌，有〈追賦畫江潭苑四首〉之四與〈梁公子〉兩首，詩文如下：

〈追賦畫江潭苑四首〉之四

> 十騎簇芙蓉（平），宮衣小隊紅。
>
> 練香熏宋鵲（入），尋箭踏盧龍。
>
> 旗溼金鈴重（去），霜乾玉鐙空。
>
> 今朝畫眉早（上），不待景陽鐘。

〈梁公子〉

> 風采出蕭家（平），本是菖蒲花。
>
> 南塘蓮子熟（入），洗馬走江沙。
>
> 御牋銀沫冷（上），長篸鳳釵斜。
>
> 種柳營中暗（去），題書賜館娃。

〈追賦畫江潭苑四首〉之四詠宮人早起遊獵之景,〈梁公子〉寫梁公子風韻之事。兩首詩或道宮女裝扮,或寫男女情愛,皆與女子相關,情感上是比較輕鬆的。

綜上,八句律詩整首出句句腳同聲調的,在情感的表現上是比較直接的,且皆為低落的情緒;三個句腳相同的,〈苔贈〉同聲的句腳即詩文的段落,〈竹〉則詠物寓情,寓情的部分不是那麼明顯;而出句四聲皆備的詩歌,皆以男女情懷為題材,情感上較為輕快。

以上的表現,或許可以解釋:整首出句句腳同聲調的是比較偏激的音韻表現,故以此來表現強烈的失落憤懣的情感;而出句四聲皆備的,聲音富有變化性,正適合用來呈現男女情懷、女子容裝。然而李賀八句律詩有限,這兩類的詩歌也少,所以只能說,這些聲調配製的詩歌中,有這些共同點,卻不能說李賀以出句句腳同聲調的手法來表現什麼樣的情感。

總的來說,李賀出句句腳同聲調的安排是自覺性的,並非偶然為之。其次,李賀以兩個出句句腳同聲調的安排最多,且在八句的律詩中,多是後兩個出句句腳同聲調。在排律方面,三個以上出句句腳同聲的多與詩歌的段落相應;在八句的律詩中,整首出句句腳同聲調的,在情感的表現上是比較直接的。

第三節　李賀近體詩入聲的運用形成的節奏形態

古人說:「四聲之中,入聲最少」〔註23〕,李賀近體詩用上聲字 462 字、去聲字 497 字、入聲字 419 字,確實入聲字最少。然而在前面的章節的討論中,不管是韻尾的韻律還是四聲的調配上,入聲都有不少突出的韻律表現。如韻尾相諧的部分,李賀單句以陽聲

〔註23〕《文鏡秘府論・西卷・文二十八種病》劉善經引劉滔的話:「四聲之中,入聲最少……平聲賒緩,有用處最多,參彼三聲,殆為大半。」詳見〔日〕遍照金剛撰,王利器校注:《文鏡秘府論校注》(臺北:貫雅文化事業有限公司,1991 年),頁 489。

韻尾相諧的詩句中，句中唯一不相諧的常常是入聲字，如〈南園十三首〉之五「請〔-ŋ〕君〔-n〕暫〔-m〕上〔-ŋ〕凌〔-ŋ〕煙〔-n〕閣」，唯一不相諧的「閣」字爲入聲字；又一首詩中首字、末字韻尾交錯的韻律中，亦以陽、入聲韻交錯的形式最多。

　　在本章第二節單一詩句聲調安排的討論中，李賀近體的句式，依平仄來劃分，概可分爲「平平仄仄平」、「仄仄平平仄」、「平平平仄仄」、「仄仄仄平平」及其他（如「平平仄平仄」）五類，這五類四聲組合出現最多的句式爲：「平平仄仄平」以「平平去入平」19 例及「平平入去平」17 例最多；「仄仄平平仄」以「入去平平去」7 例最多；「平平平仄仄」以「平平平入去」及「平平平上去」各 8 例最多；「仄仄仄平平」以「平去上平平」11 例最多，其次「平入去平平」10 例，各類最多的句式皆有入聲的成分。又一句中單純入聲與平聲的搭配，如「入入平平入」，五言就有 20 例，七言也有 1 例。

　　再從李賀的作品做直接的觀察，以下爲李賀五絕〈馬詩二十三首〉的第十五首，出現入聲字的詩文以方框標示，如下：

　　這首絕句在入聲的安排上呈現完全的對稱，入聲正好安置在一句的首、末字及正中間的音節，並且第一、三句入聲位置相同，第二、四句入聲位置相同，極爲工整，這絕對是李賀刻意的安排，絕非偶然爲之。由此可見，李賀在入聲的運用上確實有其獨特的想法，故本節從聲調的角度，探討李賀入聲的韻律表現。

　　張世祿說：「平、上、去和入聲的區別，主要的在長短的關係。」〔註 24〕入聲以塞音收尾，與其他三聲最大的區別即在聲音上的短

〔註 24〕張世祿：《張世祿語言學論文集》（上海：學林出版社，1984 年），頁 243。

促，這種短促的聲音與其他三聲的組合便會形成長短相間的音效。這種長短相間的音效可以在一句中形成交錯的韻律，可以在一聯的兩句間形成相同或互補的節奏，更可在一整首詩中呈現結構性規律的長短交錯韻律。以下以單一詩句及整首詩兩種單位來進行檢視，單一詩句中再分作五言與七言兩類，即探討主題爲：五言單一詩句的入聲表現、七言單一詩句的入聲表現、一首詩中入聲的結構韻律三個部分。

一、五言單一詩句的入聲表現

在進行五言單一詩句的入聲討論前，先將李賀五言近體所有入聲字的音節位置做一統計，如下表：

表 4-3　五言詩入聲音節位置統計表

	第一音節	第二音節	第三音節	第四音節	第五音節	合計
入聲	65	68	77	74	52	336

李賀五言近體單一詩句出現入聲的共有 276 句，336 個入聲字，入聲字出現最多的音節爲第三音節，其次爲第四音節，再其次爲第二音節，這三個音節皆在五言的中間位置。從上表的統計，是否可以直接判斷李賀的入聲韻律風格，是將入聲置於五言正中間的第三音節，使五言詩一句的節奏呈現「長－長－短－長－長」的對稱音效？這種說法是需要驗證的，如果第三音節的入聲字都是因爲一句中出現了兩個入聲字，其中一個多在第三音節，所以第三音節的入聲字最多。這也是一種可能，然而這種一句有兩個入聲字的音效便不再是「長－長－短－長－長」的對稱音效了。故以下探究單句入聲的音響效果，當就一句中出現的入聲個數來做分類，並探討其在不同音節點上形成的韻律節奏。

（一）一句中出現一個入聲

五言一句中出現一個入聲的有 218 句，其在各音節點的分布情

形如下表。接著依各音節點分別舉例說明。因各音節點的詩例過多，以下每類各舉三例進行討論。

表4-4　五言詩一句中出現一個入聲的音節位置統計表

	第一音節	第二音節	第三音節	第四音節	第五音節	合計
句數	39	47	49	52	31	218

1、入聲出現在第一音節

（1）3-1　　　　入（入）水文光動（〈竹〉）

（2）5-8　　　　鶴（入）病悔遊秦（〈始為奉禮憶昌谷山居〉）

（3）60-5　　　角（入）暖盤弓易（〈追賦畫江潭苑四首〉之二）

　　入聲字出現在第一音節的有39例，此類音響效果為一短音後連續四個長音，為「短－長－長－長－長」的節奏。

2、入聲出現在第二音節

（1）29-1　　　颼叔（入）死匆匆（〈馬詩二十三首〉之九）

（2）48-25　　醉纈（入）拋紅網（〈惱公〉）

（3）69-5　　　上幕（入）迎神燕（〈感春〉）

　　入聲字出現在第二音節的有47例，此類音響效果為「長－短－長－長－長」的節奏。

3、入聲出現在第三音節

（1）30-2　　　神騅泣（入）向風（〈馬詩二十三首〉之十）

（2）41-4　　　何事謫（入）高州（〈馬詩二十三首〉之二十一）

（3）70-1　　　風采出（入）蕭家（〈梁公子〉）

　　入聲字出現在第三音節的有49例，此類入聲位於五字的中間音節，將一句均分為前後兩組兩個音節的對稱節奏，音響效果為「長－長－短－長－長」的節奏。

4、入聲出現在第四音節

（1）20-3　　　柳花驚雪（入）浦（〈南園十三首〉之十三）

（2）59-6　　　羅薰袴褶（入）香（〈追賦畫江潭苑四首〉之一）

（3）67-1　　　空留三尺（入）劍（〈奉和二兄罷使遣馬歸延州〉）

入聲字出現在第四音節的有 52 例，此類音響效果爲「長－長－長－短－長」的節奏。

5、入聲出現在第五音節

（1）24-3　　　向前敲瘦骨（入）（〈馬詩二十三首〉之四）

（2）48-9　　　鈿鏡飛孤鵲（入）（〈惱公〉）

（3）68-7　　　琴堂沽酒客（入）（〈荅贈〉）

入聲字出現在第五音節的有 31 例，此類音響效果爲一串長音後以一短音急促收尾，節奏爲「長－長－長－長－短」。

李賀近體詩一句中出現一個入聲的共有 218 句，其中入聲出現最多的音節爲第四音節，有 52 例，其次爲第三音節，有 49 例；最少的是第五音節，有 31 例，其次爲第一音節，有 39 例，可見李賀在安排句中唯一一個入聲的時候，習慣置於句子中間的音節，使長音短音交錯，形成「長－短－長」的節奏。

其次，入聲出現在第二音節的詩例，有不少是出現在一首詩的第一句；入聲出現在第三音節的詩例，有不少是出現一首詩的第二句；入聲出現在第四音節的詩例，有不少是出現一首詩的第三句。這種類似接力的入聲安排，可以作爲接著李賀整首詩的入聲音效的觀察面向。

（二）一句中出現連續兩個入聲

一句出現兩個連續入聲的共有 33 句，其分布的音節點如下。以下列分別舉詩例進行說明：

表 4-5　五言詩一句中出現連續兩個入聲的音節位置統計表

	第一、二音節	第二、三音節	第三、四音節	第四、五音節	合計
句數	6	10	10	7	33

1、入聲出現在第一、二音節

（1）3-8　　　<u>一（入）節（入）</u>奉王孫（〈竹〉）

（2）22-1　　<u>臘（入）月（入）</u>草根甜（〈馬詩二十三首〉之二）

（3）23-1　　<u>忽（入）憶（入）</u>周天子（〈馬詩二十三首〉之三）

（4）37-1　　<u>白（入）鐵（入）</u>剉青禾（〈馬詩二十三首〉之十七）

（5）38-1　　<u>伯（入）樂（入）</u>向前看（〈馬詩二十三首〉之十八）

（6）48-40　<u>骨（入）出（入）</u>似飛龍（〈惱公〉）

連續兩個入聲出現在第一、二音節的有 6 例，形成「短－短－長－長－長」的音效。

2、入聲出現在第二、三音節

（1）3-4　　　苔<u>色（入）拂（入）</u>霜根（〈竹〉）

（2）6-4　　　花<u>入（入）曝（入）</u>衣樓（〈七夕〉）

（3）21-1　　龍<u>脊（入）貼（入）</u>連錢（〈馬詩二十三首〉之一）

（4）29-4　　駿<u>骨（入）折（入）</u>西風（〈馬詩二十三首〉之九）

（5）38-4　　何<u>日（入）蓦（入）</u>青山（〈馬詩二十三首〉之十八）

（6）48-16　　花<u>合（入）麗（入）</u>朱融（〈惱公〉）

（7）48-36　　今<u>日（入）鑿（入）</u>崆峒（〈惱公〉）

（8）50-40　　正<u>室（入）擘（入）</u>鸞釵（〈送秦光祿北征〉）

（9）60-1　　　寶<u>袜（入）菊（入）</u>衣單（〈追賦畫江潭苑四首〉之二）

（10）63-16　　露<u>折（入）一（入）</u>枝蘭（〈潞州張大宅病酒遇江使寄上十四兄〉）

連續兩個入聲出現在第二、三音節的有 10 例，形成「長－短－短－長－長」的音效。

3、入聲出現在第三、四音節

（1）2-2　　　還家<u>一（入）日（入）</u>餘（〈示弟〉）

（2）5-6　　　當簾<u>閱（入）角（入）</u>巾（〈始為奉禮憶昌谷山居〉）

（3）21-2　　　銀蹄<u>白（入）踏（入）</u>煙（〈馬詩二十三首〉之一）

（4）33-2　　　長聞俠（入）骨（入）香（〈馬詩二十三首〉之十三）

（5）39-2　　　元從竺（入）國（入）來（〈馬詩二十三首〉之十九）

（6）41-3　　　須鞭玉（入）勒（入）吏（〈馬詩二十三首〉之二十一）

（7）50-10　　　旗懸日（入）月（入）低（〈送秦光祿北征〉）

（8）65-5　　　裙垂竹（入）葉（入）帶（〈馮小憐〉）

（9）68-2　　　曾名蓴（入）綠（入）華（〈荅贈〉）

（10）69-2　　　花悲北（入）郭（入）騷（〈感春〉）

連續兩個入聲出現在第三、四音節的有 10 例，形成「長－長－短－短－長」的音效。

4、入聲出現在第四、五音節

（1）48-31　　　腸攢非束（入）竹（入）（〈惱公〉）

（2）48-79　　　使君居曲（入）陌（入）（〈惱公〉）

（3）48-91　　　王時應七（入）夕（入）（〈惱公〉）

（4）53-7　　　水花霑抹（入）額（入）（〈畫角東城〉）

（5）60-3　　　水光蘭澤（入）葉（入）（〈追賦畫江潭苑四首〉之二）

（6）64-5　　　古書平黑（入）石（入）（〈王濬墓下作〉）

（7）66-7　　　餌懸春蜥（入）蝪（入）（〈釣魚詩〉）

連續兩個入聲出現在第四、五音節的有 7 例，形成「長－長－長－短－短」的音效。

李賀近體詩一句中出現兩個連續入聲的 33 句，這類的入聲有兩個，且連續出現，如此短促的音效更為明顯，與其餘的三個平聲的對比性更強。這類入聲出現最多的在第二、三音節及第三、四音節兩個音組上，形成兩短音夾在長音之間的「長－短－長」的包覆音效，與一句出現一個入聲的音效同樣模式。

（三）一句中有兩個入聲隔字出現

一句中有兩個隔字入聲的有 23 句，兩入聲所處的音節位置如下

表。以下分別列舉詩例說明。

表4-6　五言詩一句中出現兩個隔字入聲的音節位置統計表

	第一、三音節	第二、四音節	第三、五音節	第一、四音節	第二、五音節	第一、五音節	合計
句數	6	0	0	4	4	9	23

1、入聲出現在第一、三音節

（1）4-1　　入（入）苑白（入）泱泱（〈同沈駙馬賦得御溝水〉）

（2）4-4　　拂（入）岸鴨（入）頭香（〈同沈駙馬賦得御溝水〉）

（3）50-16　雪（入）汙玉（入）關泥（〈送秦光祿北征〉）

（4）62-1　　十（入）騎簇（入）芙蓉（〈追賦畫江潭苑四首〉之四）

（5）67-2　　不（入）用一（入）丸泥（〈奉和二兄罷使遣馬歸延州〉）

（6）67-10　入（入）郢莫（入）悽悽（〈奉和二兄罷使遣馬歸延州〉）

　　兩個入聲出現在第一、三音節的有6例，形成「短－長－短－長－長」的音效。

2、入聲出現在第一、四音節

（1）2-3　　釀（入）醽今夕（入）酒（〈示弟〉）

（2）36-3　莫（入）嫌金甲（入）重（〈馬詩二十三首〉之十六）

（3）63-11　木（入）窗銀跡（入）畫（〈潞州張大宅病酒遇江使寄上十四兄〉）

（4）64-9　菊（入）花垂濕（入）露（〈王濬墓下作〉）

　　兩個入聲出現在第一、四音節的有4例，形成「短－長－長－短－長」的音效。

3、入聲出現在第二、五音節

（1）25-1　　　大漠（入）沙如雪（入）（〈馬詩二十三首〉之五）

（2）48-53　　龜甲（入）開屏澀（入）（〈惱公〉）

（3）50-9　　　箭射（入）欖槍落（入）（〈送秦光祿北征〉）

（4）64-11　　松柏（入）愁香澀（入）（〈王濬墓下作〉）

　　兩個入聲出現在第二、五音節的有4例，形成「長－短－長－長－短」的音效。

4、入聲出現在第一、五音節

（1）5-11　　　不（入）知船上月（入）（〈始為奉禮憶昌谷山居〉）

（2）6-3　　　　鵲（入）辭穿線月（入）（〈七夕〉）

（3）35-1　　　不（入）從桓公獵（入）（〈馬詩二十三首〉之十五）

（4）35-3　　　一（入）朝溝隴出（入）（〈馬詩二十三首〉之十五）

（5）40-3　　　欲（入）求千里腳（入）（〈馬詩二十三首〉之二十）

（6）48-21　　莫（入）鎖茱萸匣（入）（〈惱公〉）

（7）48-67　　曲（入）池眠乳鴨（入）（〈惱公〉）

（8）50-1　　　北（入）虜膠堪折（入）（〈送秦光祿北征〉）

（9）58-3　　　獨（入）睡南牀月（入）（〈莫種樹〉）

　　兩個入聲出現在第一、五音節的有9例，形成「短－長－長－長－短」的音效。

　　一句中有兩個入聲隔字出現的有23例，兩入聲中間隔一字的有6例，隔兩字的有8例，隔三字的有9例。從這裡可以發現，李賀一句中出現隔字的入聲字時，通常這兩個入聲字的間隔是較遠的，即兩個短音中間多為兩個或三個長音，長短交替的頻率較為舒緩。

　　在形成的長短音效上，入聲出現在第一、三音節及第一、四音節上，都會形成「短－長－短－長」的交錯音效；出現在第二、五音節上則為「長－短－長－短」的交錯音效；出現在第一、五音節上則為「短－長－短」的包覆音效。

　　在音節位置上，這類型的入聲出現最多的音節位置為第一音節

與第五音節，跟五言詩整體入聲音節位置的比例正好相反。再對比一句兩個連續入聲的表現，我們可以發現，兩個連續入聲多出現在一句中的中間音節，形成「長－短－長」的包覆音效；兩個隔字的入聲則多出現在一句中的接近首尾的音節，多形成長短交錯的音效，另外，兩個隔字的入聲出現在第一、五音節的句數是最多的，這一種形式又可形成「短－長－短」的包覆音效，一句兩個隔字入聲與兩個相連入聲所形成的長短音響效果正好形成一種互補關係。

（四）一句中出現三個入聲

一句出現三個入聲的僅有 2 例，詩例如下：

（1）26-3　　鬣（入）焦朱色（入）落（入）（〈馬詩二十三首〉之六）

（2）50-32　　蹙（入）頞（入）北（入）方奚（〈送秦光祿北征〉）

一句中出現三個入聲有 2 個例子，第 2 例為三入聲連續出現，與句中的兩個平聲形成強烈的長短對比，其音效為「短短短長長」。第 1 例為首尾音節皆為入聲，形成「短－長－長－短－短」的包覆性音效。

五言一句中有三個入聲，另外兩字一定是平聲，平聲音長最長而入聲最短，單純的兩個聲調的配對可以形成最強烈的對比。

總結李賀五言單句入聲的表現，各類型的句數統計如下：

表 4-7　五言詩單一詩句入聲類型統計表

一句中入聲字的個數	一個入聲字	兩個入聲字		三個入聲字	合計
		相連出現	隔字出現		
句數	218	33	23	2	276

李賀五言詩共有 456 句，出現入聲字的有 276 句，佔了 60%，比例不低。276 句中，以一句中出現一個入聲字的類型最多，有 218 句；其次為一句中出現兩個相連入聲的，有 33 句。

入聲出現的音節點的部分，一句一個入聲字的多出現在第三、四音節上；一句兩個連續入聲的多出現第二、三音節或第三、四音節上，這兩類入聲位置都是在句子的中間音節。一句兩個隔字入聲的，則最常出現在首尾音節上。

在音效上，一句出現一字入聲的，多呈現「長－短－長」的包覆音效；一句出現相連的兩個入聲的也多呈現「長－短－長」的包覆音效。一句出現隔字的兩個入聲則多為「長－短－長－短」或「短－長－短－長」的長短交錯音效，此外，當兩入聲在第一、五音節出現，也呈現出「短－長－短」的包覆音效。以上三種入聲句型涵括了五言律體長短韻律的所以組合，且一句一個入聲字與一句兩個相連入聲的「長－短－長」的韻律，正好與一句兩個隔字入聲形成的「短－長－短」音效彼此互補。

二、七言單一詩句的入聲表現

七言詩一句中入聲分布的音節點統計如下，入聲字出現最多次的音節為第五音節，其次為第三音節及第六音節，與五言詩相同，都是較集中在詩句的中間音節上。以下依一句中出現的入聲個數分為一句中出現一個入聲、出現兩個入聲、出現三個入聲及出現四個入聲四類來做討論。

表 4-8　七言詩入聲音節位置統計表

	第一音節	第二音節	第三音節	第四音節	第五音節	第六音節	第七音節	合計
入聲個數	11	9	14	9	20	14	6	83

（一）一句中出現一個入聲

一句中有一個入聲的共有 34 句，各個音節分布的情形如下表。以下依各音節出現的入聲舉例說明。

表4-9 七言詩一句中出現一個入聲的音節位置統計表

	第一音節	第二音節	第三音節	第四音節	第五音節	第六音節	第七音節	合計
句數	5	2	7	6	10	4	0	34

1、入聲出現在第一音節

（1）10-1　　<u>竹（入）</u>裡繰絲挑網車 （〈南園十三首〉之三）

（2）12-4　　<u>若（入）</u>簡書生萬戶侯 （〈南園十三首〉之五）

（3）13-3　　<u>不（入）</u>見年年遼海上 （〈南園十三首〉之六）

（4）18-2　　<u>白（入）</u>畫千峰老翠華 （〈南園十三首〉之十一）

（5）45-1　　<u>斫（入）</u>取青光寫楚辭 （〈昌谷北園新筍四首〉之二）

　　一個入聲出現在第一音節的有 5 例，形成一個短音後一連串長音的「短－長－長－長－長－長－長」的音效。

2、入聲出現在第二音節

（1）9-1　　　宮<u>北（入）</u>田塍曉氣酣 （〈南園十三首〉之二）

（2）45-4　　　露<u>壓（入）</u>煙啼千萬枝 （〈昌谷北園新筍四首〉之二）

　　一個入聲出現在第二音節的有 2 例，形成「長－短－長－長－長－長－長」的音效。

3、入聲出現在第三音節

（1）1-2　　　宮花<u>拂（入）</u>面送行人 （〈出城寄權璩楊敬之〉）

（2）10-4　　　自課越<u>（入）</u>傭能種瓜 （〈南園十三首〉之三）

（3）13-1　　　尋章摘<u>（入）</u>句老雕蟲 （〈南園十三首〉之六）

（4）14-3　　　見買若<u>（入）</u>耶溪水劍 （〈南園十三首〉之七）

（5）18-1　　　長巒谷<u>（入）</u>口倚嵇家 （〈南園十三首〉之十一）

（6）19-1　　　松溪<u>黑（入）</u>水新龍卵 （〈南園十三首〉之十二）

（7）46-1　　　家泉<u>石（入）</u>眼兩三莖 （〈昌谷北園新筍四首〉之三）

　　一個入聲出現在第三音節的有 7 例，形成「長－長－短－長－長－長－長」的音效。

4、入聲出現在第四音節

（1）12-1　　男兒何<u>不（入）</u>帶吳鉤（〈南園十三首〉之五）

（1）14-1　　長卿牢<u>落（入）</u>悲空舍（〈南園十三首〉之七）

（2）15-3　　窗含遠<u>色（入）</u>通書幌（〈南園十三首〉之八）

（3）17-2　　無心栽<u>曲（入）</u>臥春風（〈南園十三首〉之十）

（4）17-3　　舍南有<u>竹（入）</u>堪書字（〈南園十三首〉之十）

（5）46-3　　今年水<u>曲（入）</u>春沙上（〈昌谷北園新筍四首〉之三）

一個入聲出現在第四音節的有 6 例，第四音節將一句均分為前後兩組三個音節的音組，形成「長－長－長－短－長－長－長」的對稱音效。

5、入聲出現在第五音節

（1）8-4　　嫁與春風<u>不（入）</u>用媒（〈南園十三首〉之一）

（2）9-2　　黃桑飲露<u>窣（入）</u>宮簾（〈南園十三首〉之二）

（3）9-4　　將餧吳王<u>八（入）</u>繭蠶（〈南園十三首〉之二）

（4）11-4　　因遺戎韜<u>一（入）</u>卷書（〈南園十三首〉之四）

（5）13-4　　文章何處<u>哭（入）</u>秋風（〈南園十三首〉之六）

（6）15-2　　黃蜂小尾<u>撲（入）</u>花歸（〈南園十三首〉之八）

（7）17-1　　邊讓今朝<u>憶（入）</u>蔡邕（〈南園十三首〉之十）

（8）17-4　　老去溪頭<u>作（入）</u>釣翁（〈南園十三首〉之十）

（9）45-2　　膩香春粉<u>黑（入）</u>離離（〈昌谷北園新筍四首〉之二）

（10）51-1　　金魚公子<u>夾（入）</u>衫長（〈酬荅二首〉之一）

一個入聲出現在第五音節的有 10 例，形成「長－長－長－長－短－長－長」的音效。

6、入聲出現在第六音節

（1）12-2　　收取關山五<u>十（入）</u>州（〈南園十三首〉之五）

（2）15-4　　魚擁香鉤近<u>石（入）</u>磯（〈南園十三首〉之八）

（3）46-2　　笛管新篁拔<u>玉（入）</u>青（〈昌谷北園新筍四首〉之三）

（4）52-2　　御水鵁鶄暖<u>白（入）</u>蘋（〈酬荅二首〉之二）

一個入聲出現在第六音節的有 4 例，形成「長－長－長－長－長－短－長」的音效。

李賀七言近體詩一句中出現一個入聲的共有 34 句，其中入聲出現最多的音節為第五音節，有 10 例，其次為第三音節，有 7 例；最少的是第七音節，沒有詩例，其次為第二音節，只有 2 例。李賀多將入聲置於七字中的第三、四、五音節上，這些也是七言一句的中間音節，與五言一句有一個入聲的安排模式一樣；這三個音節又以第三及第五音節詩例最多，兩者所形成的音效的共同點，皆為兩個長音與四個長音中間夾一個短音的包覆音效。

（二）一句中出現連續兩個入聲

一句中有兩個連續入聲的共有 6 句，兩個入聲所在的音節位置如下表。以下依各音節出現的入聲舉例說明。

表4-10　七言詩一句中出現連續兩個入聲的音節位置統計表

	第一、二音節	第二、三音節	第三、四音節	第四、五音節	第五、六音節	第六、七音節	合計
句數	1	0	2	1	1	1	6

1、入聲出現在第一、二音節

（1）44-4　<u>別（入）卻（入）</u>池園數寸泥（《昌谷北園新笋四首》之一）

2、入聲出現在第三、四音節

（2）19-4　輕綃<u>一（入）疋（入）</u>染朝霞（《南園十三首》之十二）

（3）52-1　雍州<u>二（入）月（入）</u>海池春（《酬荅二首》之二）

3、入聲出現在第四、五音節

（4）49-2　風嬌小<u>葉（入）學（入）</u>娥粧（《三月過行宮》）

4、入聲出現在第五、六音節

（5）49-4　　　堪鎖千年白（入）日（入）長（〈三月過行宮〉）

5、入聲出現在第六、七音節

（6）18-3　　　自履藤鞋收石（入）蜜（入）（〈南園十三首〉之十一）

　　一句中出現連續兩個入聲有 6 例，以入聲出現在第三、四音節最多，不過也只有 2 例。這一類的長短韻律大概可以分作三類：第一類為一連串的長音與兩個短音的組合，如入聲出現在第一、二音節「短－短－長－長－長－長－長」，及入聲出現在第六、七音節「長－長－長－長－長－短－短」的兩段式節奏。第二類為一連串長音與一個長音中間隔了兩個短音，如入聲出現在第五、六音節「長－長－長－長－短－短－長」的節奏。第三類為三個長音與兩個長音之間隔了兩個短音，如入聲出現在第三、四音節「長－長－短－短－長－長－長」，及入聲出現在第四、五音節「長－長－長－短－短－長－長」的交錯節奏。這三種節奏以第三種交錯節奏長短音音組的音節數較為平均，形成的交錯節奏也較為均勻，第三種也是李賀在一句連兩入聲的句式中數量最多的。

（三）一句中有兩個入聲隔字出現

　　一句中有兩個隔字入聲的有 9 句，兩個入聲所在的音節位置如下表，以下依各音節出現的入聲舉例說明。

表4-11　七言詩一句中出現兩個隔字入聲的音節位置統計表

音節位置	第一、三音節	第二、四音節	第三、五音節	第四、六音節	第五、七音節	第一、四音節	第二、五音節	第三、六音節	第四、七音節	第一、五音節	第二、六音節	第三、七音節	第一、六音節	第二、七音節	第一、七音節	合計
句數			2				1	1		1	2	2				9

1、入聲出現在第三、五音節

（1）10-2　　青蟬獨（入）噪日（入）光斜（〈南園十三首〉之三）

（2）47-4　　鳥重一（入）枝入（入）酒樽（〈昌谷北園新筍四首〉之四）

2、入聲出現在第二、五音節

（3）8-2　　小白（入）長紅越（入）女腮（〈南園十三首〉之一）

3、入聲出現在第三、六音節

（4）16-3　　瀉酒木（入）蘭椒葉（入）蓋（〈南園十三首〉之九）

4、入聲出現在第一、五音節

（5）16-2　　曲（入）岸迴篙舴（入）艋遲（〈南園十三首〉之九）

5、入聲出現在第二、六音節

（6）13-2　　曉月（入）當簾挂玉（入）弓（〈南園十三首〉之六）

（7）47-1　　古竹（入）老梢惹碧（入）雲（〈昌谷北園新筍四首〉之四）

6、入聲出現在第三、七音節

（8）8-3　　可憐日（入）暮嫣香落（入）（〈南園十三首〉之一）

（9）44-3　　更容一（入）夜抽千尺（入）（〈昌谷北園新筍四首〉之一）

　　一句中有兩個入聲隔字出現的有 9 例，其中兩個入聲隔一字的有 2 例，隔兩字的有 2 例，隔三字的有 5 例，七言兩個入聲隔字的情形與五言隔字的情形相同，皆為兩個入聲相隔較遠的情形。

　　在長短韻律上，兩個隔字入聲的會形成長短音不斷交錯的韻律，如入聲出現在第三、七音節的節奏為「長－長－短－長－長－長－短」，形成「長－短－長－短」的錯綜節奏；入聲出現在第三、五音節的節奏為「長－長－短－長－短－長－長」，更形成「長－短－長－短－長」高頻率的交錯節奏。李賀一句有兩個隔字入聲的以「長－短－長－短－長」這種高頻率的交錯節奏為主，9 例中佔了 6 例。

（四）一句中出現三個入聲

（1）11-1　　三十（入）未有二（入）十（入）餘〈〈南園十三首〉之四〉

（2）11-2　　白（入）日（入）長飢小甲（入）蔬〈〈南園十三首〉之四〉

（3）46-4　　笛（入）管新篁拔（入）玉（入）青〈〈昌谷北園新筍四首〉之三〉

（4）51-2　　密（入）裝腰鞓割（入）玉（入）方〈〈酬荅二首〉之一〉

　　一句中出現三個入聲的有 4 例，這三個入聲皆出現在第一、二、五、六音節上，且三個入聲的組合形式皆為兩個入聲相連，一個隔字，其韻律與一句中兩個隔字入聲的效果相近，其節奏以「短－長－短－長」的交錯韻律為主。

（五）一句中出現四個入聲

　　一句中出現四個入聲的只有 1 句，詩例如下：

（1）44-1　　擇（入）落（入）長竿削（入）玉（入）開〈〈昌谷北園新筍四首〉之一〉

　　一句有四個入聲，剩下的三個皆為平聲，在長短音效的對比上是最為強烈的。此例的節奏為「短－短－長－長－短－短－長」，是以兩個音節為節奏單位，長短音遞換的交錯韻律，在交錯的節奏上也是最清楚的。

　　總結七言單句入聲的節奏韻律，入聲字在七言一句中表現情形如下：

表 4-12　七言詩單一詩句入聲類型統計表

一句中入聲字的個數	一個	兩個入聲字		三個	四個	合計
	入聲字	相連出現	隔字出現	入聲字	入聲字	
句數	34	6	9	4	1	53

　　七言出現入聲字的共有 53 句，佔總體詩句的 66.25%；其中一句出現一個入聲字的情形最多，有 34 例，其次爲一句中有兩個入聲字的，有 15 例，與五言詩的情形相同。

　　出現入聲的音節位置，一句有一個入聲的，出現最多的音節爲第五音節，其次爲第三音節，皆爲一句的中間音節，所形成的音效爲「長－短－長」的節奏，如〈南園十三首〉之十「舍南有竹（入）堪書字」爲「長－長－長－短－長－長－長」的節奏。一句有兩個相鄰入聲的，入聲出現在第三、四音節最多，不過也只有 2 例。這類形成的韻律有「短－長」與「長－短」前後兩段式的節奏，如〈昌谷北園新筍四首〉之一「別（入）却（入）池園數寸泥」爲「短－短－長－長－長－長－長」的節奏；也有「長－短－長」的長短音交錯節奏，如〈三月過行宮〉「風嬌小葉（入）學（入）娥粧」爲「長－長－長－短－短－長－長」的節奏。一句有兩個隔字入聲的，兩個入聲以間隔三字的情形最多，形成的節奏多爲「長－短－長－短－長」的高頻率長短音交錯節奏，如〈南園十三首〉之九「瀉酒木（入）蘭椒葉（入）蓋」爲「長－長－短－長－長－短－長」的節奏。一句中三個入聲的，入聲皆出現在第一、二、五、六音節上，三個入聲兩個相連，一個隔字，其節奏多爲多爲「短－長－短－長」的交錯，如〈酬荅二首〉之一「密（入）裝腰輕割（入）玉（入）方」爲「短－長－長－長－短－短－長」的節奏。一句有四個入聲字的只有一例，〈昌谷北園新筍四首〉之一「籜（入）落（入）長竿削（入）玉（入）開」（短－短－長－長－短－短－長），爲「短－長－短－長」的交錯節奏。

　　綜上，七言單句入聲的節奏表現以「長－短－長」的模式最多，其次爲「長－短－長－短」及「短－長－短－長」，「長－短－長－短－長」的高頻率交錯節奏是比較少的，可見李賀在七言的長短音交錯頻率的安排上是較爲舒緩的。

三、一首詩中入聲的結構韻律

結構韻律指的是以一首詩為單位，探討句與句之間相同的音節點，或聯與聯之間對應的音節點，甚而是連續數句間以入聲形成的韻律現象。在探討五言詩單句入聲韻律時，我們發現以四句為韻律單位的結構裡，一句中有一個入聲的，常出現在第一句的第二字，第二句的第三字，第三句的第四字，第四句的第三字；一句中有兩個連續入聲的，常出現在第一句的第一、二字，第二句的第三、四字，及第四句的第二、三字。這些是李賀五言單一詩句的統計結果，然而在實際的詩歌中是否存在著這樣的入聲結構，就是本小節要進行的討論。

除此之外，本章第一節探討唐人詩格的聲律觀時，發現詩格特別注重首、尾音節的聲音表現，故本小節亦以此為觀察點，探討一首詩中首字、末字的韻律表現。其次，入聲與其他三聲形成長短音效的對比，若相鄰的兩句，在同一個音節上出現入聲，那麼這兩句的長短節奏便會相同，以下分別以這三個面向討論。

（一）相鄰的兩句在同音節上出現入聲

以下依入聲出現的音節點分別舉例進行說明：

第一音節

（1）7-4　　石（入）斷紫錢斜，

　　　7-5　　玉（入）椀盛殘露。（〈過華清宮〉）

在第一音節出現入聲的有 1 例，兩句的長短節奏為「短－長－長－長－長」。

第二音節

（1）2-4　　緗帙（入）去時書，

　　　2-5　　病骨（入）猶能在。（〈示弟〉）

（2）48-24　　燒蜜（入）引胡蜂，

　　　48-25　　醉纈（入）拋紅網。（〈惱公〉）

（3）48-88　　銀液（入）鎮心怘，

　　　48-89　　跳脫（入）看年命。(〈惱公〉)

（4）50-20　　光祿（入）是新隮，

　　　50-21　　寶玦（入）麒麟起。(〈送秦光祿北征〉)

（5）54-6　　　睡熟（入）小屏深，

　　　54-7　　　好作（入）鴛鴦夢。(〈謝秀才有妾縞練改從於人秀才留之不得後生感憶座人製詩嘲誚賀復繼四首〉之三)

　　在第二音節出現入聲的有 5 例，兩句的長短節奏爲「長－短－長－長－長」。

第三音節

（1）26-1　　　飢臥骨（入）查牙，

　　　26-2　　　麤毛刺（入）破花。(〈馬詩二十三首〉之六)

（2）48-75　　魚生玉（入）藕下，

　　　48-76　　人在石（入）蓮中。(〈惱公〉)

　　在第三音節出現入聲的有 2 例，兩句的長短節奏爲「長－長－短－長－長」的對稱節奏。

第四音節

（1）4-2　　　　宮人正靨（入）黃，

　　　4-3　　　　遠隄龍骨（入）冷。(〈同沈駙馬賦得御溝水〉)

（2）20-6　　　遙嵐破月（入）懸，

　　　20-7　　　沙頭敲石（入）火。(〈南園十三首〉之十三)

（3）38-2　　　旋毛在腹（入）間，

　　　38-3　　　祇今掊白（入）草。(〈馬詩二十三首〉之十八)

（4）48-58　　鴉啼露滴（入）桐，

　　　48-59　　黃娥初出（入）座。(〈惱公〉)

（5）61-6　　　鵁鶄老濕（入）沙，

　　　61-7　　　宮官燒蠟（入）火。(〈追賦畫江潭苑四首〉之三)

（6）69-6　　　飛絲送<u>百（入）</u>勞，

69-7　　　胡琴今<u>日（入）</u>恨。（〈感春〉）

（7）17-2　　　無心裁<u>曲（入）</u>臥春風，

17-3　　　舍南有<u>竹（入）</u>堪書字。（〈南園十三首〉之十）

在第四音節出現入聲的有 7 例，兩句的長短節奏爲「長－長－長－短－長」。

相鄰兩句在同音節位置出現入聲的共有 15 例，五言詩有 14 例，七言僅 1 例，其中以入聲出現在第四音節的詩例最多，有 7 例，其次爲第二音節，有 5 例。這兩類形成了連續的「長－短－長－長－長」及「長－長－長－短－長」的節奏。

相鄰兩句在同音節處出現入聲的詩例並不多，總共才 15 例（30 句），才佔了整體詩句的 5.5%，或許相同的節奏出現太過頻繁，便呆板。另外，因爲聲律一聯中平仄相對，兩聯間平仄相黏的安排，相鄰的兩句多爲一聯的下句與下一聯的上句，同音節入聲的出現更加強化兩聯韻律上的連綴效果。

（二）首字長短音的交錯韻律

首字長短音的交錯指的是，一首詩中入聲字在第一音節隔句出現，形成每句的開頭音響以「長音－短音－長音－短音」的節奏交錯著，詩例如下：

（1）〈示弟〉第 1～4 句

<u>別（入）</u>弟三年後，<u>還（平）</u>家一日餘。

<u>釀（入）</u>醹今夕酒，<u>緗（平）</u>帙去時書。

（2）〈七夕〉第 1～4 句

<u>別（入）</u>浦今朝暗，<u>羅（平）</u>帷午夜愁。

<u>鵲（入）</u>辭穿線月，<u>花（平）</u>入曝衣樓。

（3）〈過華清宮〉第 5～8 句

<u>玉（入）</u>椀盛殘露，<u>銀（平）</u>燈點舊紗。

<u>蜀（入）</u>王無近信，<u>泉（平）</u>上有芹芽。

（4）〈馬詩二十三首〉之十五第1～4句

　　不（入）從桓公獵，何（平）能伏虎威。

　　一（入）朝溝隴出，看（平）取拂雲飛。

（5）〈惱公〉第15～22句

　　月（入）分蛾黛破，花（平）合靨朱融。

　　髮（入）重疑盤霧，腰（平）輕乍倚風。

　　密（入）書題荳蔻，隱（上）語笑芙蓉。

　　莫（入）鎖茱萸匣，休（平）開翡翠籠。

（6）〈惱公〉第67～70句

　　曲（入）池眠乳鴨，小（上）閣睡娃僮。

　　褥（入）縫篸雙綫，鉤（平）絛辮五總。

　　首字長短音交錯的有6例，共28句。6例多為四句交錯，皆為五言詩，除了第4例是絕句外，其餘皆為律詩或排律。入聲皆出現在非韻句（奇數句），交錯的音效為「短－長－短－長」。6例中比較特別的是第5例，這個詩例也出現在本章上一節出句句腳韻律的探討中，在出句句腳上，這些出句的句腳以連續的去聲與平聲韻腳交錯，在每句首字上也以入聲與其他三聲長音短音交錯，首字、末字的韻律情形如下：

　　　　陂陀梳碧鳳（去），腰裊帶金蟲（平）。

　　　　杜若含清露（去），河蒲聚紫茸（平）。

　　　　月（入）分蛾黛破（去），花（平）合靨朱融（平）。

　　　　髮（入）重疑盤霧（去），腰（平）輕乍倚風（平）。

　　　　密（入）書題荳蔻（去），隱（上）語笑芙蓉（平）。

　　　　莫（入）鎖茱萸匣，休（平）開翡翠籠。

末字以降調與平調交錯，首字以長音與短音交錯，產生緊密的韻律結構。出現首尾交錯韻律的句子又沒有完全重疊，形成規律節奏中的活潑的變化；另一方面，也形成連環的韻律效果，在末字去聲與平聲交錯的韻律尚未結束時，首字入聲與其他三聲的長短交錯韻律就出現

了，在末字的交錯韻律結束後，首字的交錯仍然延續，便如接力一般，讓韻律的表現更具層次感。

（三）末字長短音的交錯韻律

末字長短音的交錯指的是，一首詩中入聲字在出句的句腳出現，與平聲韻腳形成「長音－短音－長音－短音」的交錯節奏，詩例如下：

（1）〈始爲奉禮憶昌谷山居〉第7～12句

犬書曾去洛（入），鶴病悔遊秦（平）。
土甌封茶葉（入），山杯鎖竹根（平）。
不知船上月（入），誰棹滿溪雲（平）。

（2）〈馬詩二十三首〉之十五全首

不從桓公獵（入），何能伏虎威（平）。
一朝溝隴出（入），看取拂雲飛（平）。

（3）〈惱公〉第7～10句

曉奩粧秀靨（入），夜帳減香筒（平）。
鈿鏡飛孤鵲（入），江圖畫水葒（平）。

（4）〈惱公〉第31～34句

腸攢非束竹（入），胘急是張弓（平）。
晚樹迷新蝶（入），殘蜺憶斷虹（平）。

（5）〈惱公〉第39～42句

心搖如舞鶴（入），骨出似飛龍（平）。
井檻淋清漆（入），門鋪綴白銅（平）。

（6）〈惱公〉第45～48句

玟瑰釘簾薄（入），琉璃疊扇烘（平）。
象牀緣素柏（入），瑤席卷香蔥（平）。

（7）〈惱公〉第65～68句

短佩愁填栗（入），長絃怨削菘（平）。

　　　　曲池眠乳鴨（入），小閣睡娃僮（平）。

（8）〈畫角東城〉第5～8句

　　　　淡菜生寒日（入），鱺魚溪白濤（平）。

　　　　水花霑抹額（入），旗鼓夜迎潮（平）。

（9）〈昌谷讀書示巴童〉全首

　　　　蟲響燈光薄（入），宵寒藥氣濃（平）。

　　　　君憐垂翅客（入），辛苦尚相從（平）。

（10）〈追賦畫江潭苑四首〉之三第3～6句

　　　　鞦垂粧鈿粟（入），箭簇釘文牙（平）。

　　　　鸒鸒啼深竹（入），鶬鶊老濕沙（平）。

　　末字長短音交錯的有10例，共42句，皆為五言詩例。絕句有兩首，為〈馬詩二十三首〉之十五及〈昌谷讀書示巴童〉，其他四首皆為五言律詩或排律。其中排律〈惱公〉便有5例（20句），長短交錯的韻律佔了全詩百句的五分之一；排律〈始為奉禮憶昌谷山居〉12句中有了6句，佔了全詩的一半；八句律詩〈畫角東城〉及〈追賦畫江潭苑四首〉之三，長短交錯韻律也佔了全詩的一半。

　　交錯的句數以四句的形式最多，交錯的韻律皆為「短－長－短－長」的節奏，因為與入聲交錯的皆為平聲韻腳，且交錯位置皆在每句的句末，故長短音的對比性相當高。雖然出現末字交錯韻律的只有6首，然從〈惱公〉一詩便有20句這樣的節奏來看，李賀這種韻律安排是刻意為之的。從〈始為奉禮憶昌谷山居〉也可看出，全詩12句，首句入韻，其餘出句的句腳僅有第五句為去聲，其餘都是入聲，整首詩每句的末字聲音的對比性是很強烈的。

（四）長短音的層遞韻律

　　所謂層遞的韻律指的是入聲在三句以上的詩句中，出現的音節位置呈現遞增或遞減的現象，使入聲前後的長音個數也呈現遞增或遞減的聲音表現。會探討這個部分的原因，在於討論單句一個入聲

時，單句一個入聲的第一、二、三句入聲的位置常出現在第二音節、第三音節、第四音節，呈現接力般的層遞結構，這樣的排列所形成的音效，會使第一到三句入聲前的長音呈現第一句一個長音、第二句兩個長音、第三句三個長音的遞增效果，也會使入聲後的長音呈現第一句三個、第二句兩個、第三句一個的遞減韻律。如下圖示：

圖4-2　入聲層遞音效示意圖

第一句：	長	短	長	長	長
第二句：	長	長	短	長	長
第三句：	長	長	長	短	長

以下羅列入聲層遞排列的結構，探討李賀長音韻律的層遞表現：

1、〈過華清宮〉

7-1	春	月（入）	夜	啼	鴉
7-2	宮	簾	隔（入）	御	花
7-3	雲	生	朱	絡（入）	暗
7-4	石	斷	紫	錢	斜

2、〈馬詩二十三首〉之九

29-1	颼	叔（入）	死	匆	匆
29-2	如	今	不（入）	豢	龍
29-3	夜	來	霜	壓（入）	棧
29-4	駿	骨（入）	折（入）	西	風

3、〈馬詩二十三首〉之十四

34-1	香	襆（入）	赭	羅	新
34-2	盤	龍	蹙（入）	鐙	鱗
34-3	迴	看	南	陌（入）	上
34-4	誰	道	不（入）	逢	春

第 1 例到第 3 例的音效皆爲三句入聲前的長音個數呈現遞增，入聲後的長音呈現遞減的層遞音效，這三例是最典型的長音層遞的韻律表現。

4、〈馬詩二十三首〉之五

25-1	大	漠（入）	沙	如	雪（入）
25-2	燕	山	月（入）	似	鉤
25-3	何	當	金	絡（入）	腦
25-4	快	走	踏（入）	清	秋

5、〈馮小憐〉

65-3	破	得（入）	春	風	恨
65-4	今	朝	直（入）	幾	錢
65-5	裙	垂	竹（入）	葉（入）	帶
65-6	鬢	濕	杏	花	煙

6、〈追賦畫江潭苑四首〉之三

60-1	寶	袜（入）	菊（入）	衣	單
60-2	蕉	花	密（入）	露	寒
60-3	水	光	蘭	澤（入）	葉（入）
60-4	帶	重	剪	刀	錢

7、〈惱公〉

48-35	古	時	塡	渤（入）	澥
48-36	今	日（入）	鑿（入）	崆	峒
48-37	綉	沓（入）	褰	長	幔
48-38	羅	裙	結（入）	短	封

　　第4例到第7例的音效為：只有入聲前或入聲後的長音呈現遞增或遞減的音效，如第5例〈馮小憐〉三句入聲後的長音為三個長音、兩個長音、一個長音的遞減韻律。

8、〈釣魚詩〉

66-3	菱	絲	縈	獨（入）	繭
66-4	蒲	米	蟄（入）	雙	魚
66-5	斜	竹（入）	垂	清	沼
66-6	長	綸	貫	碧（入）	虛

9、〈南園十三首〉之六

13-1	尋	章	摘(入)	句	老	雕	蟲
13-2	曉	月(入)	當	簾	挂	玉(入)	弓
13-3	不(入)	見	年	年	遼	海	上
13-4	文	章	何	處	哭	秋	風

　　第 8、9 例入聲出現的音節位置呈現遞減的情形，這一類入聲的前後長音個數也呈現遞增及遞減的韻律，這一類的長音層遞韻律也相當顯著。

9、〈始為奉禮憶昌谷山居〉

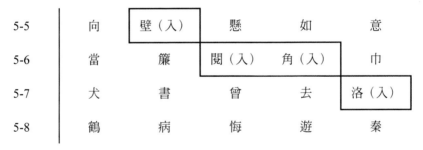

5-5	向	壁(入)	懸	如	意
5-6	當	簾	閱(入)	角(入)	巾
5-7	犬	書	曾	去	洛(入)
5-8	鶴	病	悔	遊	秦

10、〈馬詩二十三首〉之十三

33-1	寶	玦(入)	誰	家	子
33-2	長	聞	俠(入)	骨(入)	香
33-3	堆	金	買	駿	骨(入)
33-4	將	送	楚	襄	王

　　第 10、11 例三句中第二句為連續兩個入聲，其形成的層遞韻律為入聲前的長音個數呈現等比的遞增，為一個長音、兩個長音、四個長音。

　　李賀層遞的韻律出現在 11 首詩中，五言絕句有 4 首，五言律詩或排律有 6 首，七言絕句有 1 首。五言絕句 4 例皆在〈馬詩〉二十三首組詩之中，四首結構也非常接近。在韻律表現上，11 例中有 5 例，三句入聲前後的長音皆形成遞增及遞減的音效；其餘 6 例有 4 例為入聲前的長音呈現遞增的韻律，有 2 例為入聲後的長音呈現遞減的音效。

　　雖然這種入聲層遞的結構只有 11 例，然而〈馬詩〉組詩中就出現了四首，且四首的結構如此相近來看，這種安排絕非偶然，且這種入聲的排列確實可以形成特殊的長短韻律，雖然詩例不多，但確實是李賀入聲結構韻律的一種特殊形式。

第四節　小　結

　　本章探討李賀聲調所形成的韻律表現，聲律是近體詩成立非常重要的元素，雖然近體詩對聲調的安排多有規範，然而這些規範是原則性的調聲，並非一板一眼的鐵律，詩人依然有發揮的空間。唐四聲為平、上、去、入，四聲音長、調型各異，在一句中可以形成抑揚頓挫的韻律，在整首詩的出句句腳上也可形成與平聲韻腳相對的音效，又入聲的短促音響，可與其他三聲形成長短對比的節奏，以下為本章歸結的李賀聲調的韻律特色。

一、聲調遞用的韻律表現

　　聲調遞用探討面向分為單一詩句中的聲調配製，與一首詩中出句句腳的四聲安排兩個部分，以下為李賀聲調遞用的韻律特色。

（一）單一詩句以三聲遞用的表現最多

　　五言與七言皆以一句三種聲調遞用的表現最突出，尤其是五言，佔了五言詩整體的七成以上。蓋五言一句音節數只有五個，若四聲俱全，則聲調抑揚變化頻率過高，聲音反而不和美，若只三聲遞用，則聲調間有呼應有變化，音響較為和諧。七言詩一句三種聲

調遞用佔七言整體的 57.5%，其次為一句四聲齊備，佔 33.7%。大體來說，五言以一句三種聲調遞用為聲調配置的主調，七言則以一句三種及一句四種聲調遞用為主體。三聲遞用的聲調內容，五言以平、上、去三聲遞用的組合最多，如〈示弟〉「人間底事無」（平平上去平）；七言詩以平、上、去及平、上、入遞用的情形最多，如〈南園十三首〉之八「窗含遠色通書幌」（平平上入平平上）。七言聲調組合的形式較多，較沒有特別突出的句式，五言一句三種聲調遞用的，各類最多的句式分別為：「平平上去平」、「平平上入平」、「平平去入平」，三者的共通點也是上、去、入置於句子中間的音節，且皆為「平平仄仄平」的排列。

（二）七言詩單一詩句四聲齊備較五言詩突出

五言一句四聲齊備的有 49 例，佔五言詩整體的 10.7%；七言詩一句四聲齊備的有 27 例，佔七言詩整體的 33.7%。或許在客觀因素上，七言詩每一句皆有四聲齊備的可能性，然而若單獨摘取李賀五言近體一句中有三個仄聲字的句子（共有 195 句），四聲齊備的 49 句佔 195 句的 25.1%，在比例上五言依然不如七言詩。所以我們可以說李賀七言一句四聲齊備的表現確實勝於五言。七言詩一句有七個音節，在四聲皆備的情形下，尚有三個音節可供調節，可避免聲調的起伏頻率過高，產生過於急促的節奏。

（三）出句句腳以兩個句腳聲調相同最多

李賀 17 首八句五律的出句聲調組合，以「兩個出句句腳聲調相同」這一類最多，有 7 首，且多安排於四聯中的後兩聯；五言排律 7 首 19 個出句句腳相同的詩例中，也以「兩個出句句腳聲調相同」的 12 例最多。律詩中兩個出句句腳相同，產生統一的音響；另兩個相異，就是變化的音效，如此安排便可調和兩者形成和諧的樂音。八句五律的 7 例同聲調的句腳以同去聲的最多，有 4 例，如〈同沈駙馬賦得御溝水〉：

入苑白<u>泱泱</u>（平），宮人正<u>㿥</u>黃。

繞堤龍骨<u>冷</u>（上），拂岸鴨頭香。

別館驚殘<u>夢</u>（去），停杯泛小<u>觴</u>。

幸因流浪<u>處</u>（去），暫得見何郎。

五言排律的 12 例以同入聲及同去聲的句腳最多，各有 5 例，如〈惱公〉第 65～68 句：

短佩愁填<u>栗</u>（入），長絃怨削<u>菘</u>。

曲池眠乳<u>鴨</u>（入），小閣睡娃<u>僮</u>。

排律中連續兩個出句句腳的同聲調，可以調節出句連續變換的音效，形成平衡的韻律。

（四）連續出句句腳同聲調多與詩歌段落相關

李賀五言排律中，三個出句句腳聲調相同的有 4 例，四個的有 2 例，五個的有 1 例，這些連續同聲調的句腳與排律詩歌的意義段落多可相合，如〈惱公〉第 11～20 句：

陂陀梳碧<u>鳳</u>（去），婀褭帶金<u>蟲</u>。

杜若含清<u>露</u>（去），河蒲聚紫<u>茸</u>。

月分蛾黛<u>破</u>（去），花合靨朱<u>融</u>。

髮重疑盤<u>霧</u>（去），腰輕乍倚<u>風</u>。

密書題荳<u>蔻</u>（去），隱語笑芙<u>蓉</u>。

第 7 到 10 句是連續兩個入聲出句句腳，描述〈惱公〉詩中女子早起準備裝扮，閨房中的擺置，有香筒、鈿鏡、屏風。從第 11 句起，出句句腳轉為去聲，詩意也轉為女子裝扮的細部描述：梳頭、戴髮飾、畫眉、抹胭脂等等。詩意段落與出句句腳的聲調轉換是相扣合的，如此的安排完美的融合了詩意與韻律。

二、入聲韻律的節奏形態

入聲節奏或以單一詩句為單位，或以一整首詩（或一個段落）為單位，探討單句的長短節奏，或結構性的交錯韻律，以下為李賀入聲

的運用手法及其韻律特色。

（一）入聲多位於一句的中間音節

　　李賀五言詩共有 456 句，出現入聲字的有 276 句，佔了 60%；七言出現入聲字的共有 53 句，佔總體詩句的 66.25%，比例不低。五言詩一句中出現一個入聲的共有 218 句，佔出現入聲字的 276 句的 78.8%，其中入聲出現最多的音節爲第四音節，其次爲第三音節，如〈南園十三首〉之十三「柳花驚雪（入）浦」。七言詩一句出現一個入聲字的有 34 例，佔出現入聲字的 53 句的 64%，入聲出現最多的音節爲第五音節，其次爲第三音節，如〈南園十三首〉之八「黃蜂小尾撲（入）花歸」。

（二）各句式的音響效果呈現互補的表現

　　單一詩句的入聲安排分爲一句中有一個入聲、一句中有兩個相連入聲、一句中有兩個隔字入聲，及一句中呈現三個以上的入聲這幾種句式，其中一句中出現一個入聲及出現兩個入聲佔了大部分。一句中一個入聲的，不管是五言還是七言，入聲多出現在中間音節，呈現「長－短－長」的音效；一句中兩個相連入聲的，入聲也多出現在中間音節，形成「長－短－長」的音效。一句中兩個隔字入聲的，兩入聲的間隔通常比較遠，如五言〈莫種樹〉「獨（入）睡南牀月（入）」，七言〈南園十三首〉之九「曲（入）岸迴篙舸（入）艋遲」，入聲出現在一句中近首尾的音節，形成「短－長－短」的音效，一句中一個入聲及與兩個相連入聲的「長－短－長」形成互補音效。

（三）一首詩中，末字的入聲交錯韻律強於首字

　　一首詩首、末字的交錯韻律指的是，在首字或末字音節上，入聲隔句出現所形成的長短交錯韻律。首字長短音交錯的有 6 例，共 28 句。6 例皆爲五言詩，除了 1 例是絕句外，其餘皆爲律詩或排律，多爲四句交錯。末字長短音交錯的有 10 例，共 42 句，皆爲五言詩例。絕句有兩首，爲〈馬詩二十三首〉之十五及〈昌谷讀書示巴童〉，

其他四首皆為五言律詩或排律，其中排律〈惱公〉便有 5 例（20 句），長短交錯的韻律佔了全詩百句的五分之一。交錯的句數以四句的形式最多，交錯的韻律皆為「短－長－短－長」的節奏，因為與入聲交錯的皆為平聲韻腳，且交錯位置皆在每句的句末，故長短音的對比性相當高。

（四）層遞韻律的特殊安排

所謂層遞的韻律指的是入聲在三句以上的詩句中，出現的音節位置呈現層遞的現象，使入聲前後的長音個數也呈現遞增或遞減的聲音表現。如〈過華清宮〉

7-1	春	月（入）	夜	啼	鴉
7-2	宮	簾	隔（入）	御	花
7-3	雲	生	朱	絡（入）	暗
7-4	石	斷	紫	錢	斜

入聲在前三句的音節位置為第二音節、第三音節、第四音節，形成第一句入聲前有一個長音、第二句有兩個長音、第三句有三個長音的遞增音效，入聲後的長音則呈現遞減音效。李賀這種入聲的結構共有 11 例，五言絕句有 4 例，五言律詩或排律有 6 例。其中五言絕句4 例皆在〈馬詩〉二十三首組詩之中，四首結構也非常接近。可知這樣的入聲結構是李賀特意的安排，11 例雖不多，卻是李賀入聲結構韻律中的一種非常特殊的形式。

李賀在聲調的安排上，不管是一句的聲調組合，或是整首詩結構性的聲調排列，皆能在變化與統一間取得平衡，如出句句腳的安排，律詩以兩聯出句句腳同聲調，另兩聯不同聲來達成變化與統一的調和，單一詩句入聲的長短音響也能顧及到互補的效果，都是李賀在聲調上形成平衡美的表現。又李賀運用入聲在句首、句末形成長短交錯韻律，在整首詩中創造層遞的韻律，入聲運用的技法多元，韻律獨特。

第五章　李賀近體詩聲音重複的韻律表現

　　聲音重複的韻律指的是在一句中或相鄰的兩句甚而三句間，出現同字、異字同音或部分音素相同（如雙聲、疊韻）的韻律表現。其中同字的部分，即修辭學所說的「類疊」，黃慶萱說「類疊」的修辭效果在於：一個字詞語句，如果反覆的出現，會比單次出現更能打動聽者或讀者的心靈。〔註1〕就音韻的效果來說，同字反覆的出現之所以能打動人，在於重複音響的規律出現可形成韻的效果，及重疊出現形成強調的節奏，異字同音也會有這樣的效果。不僅如此，音節中部分音素的重複，如聲母相同或韻母相同也會產生相諧的韻律。檢視李賀的近體詩，並無異字同音的表現，故韻律的探討主要就同字重複及部分音素重複兩個部分。在探討韻律之前，先檢視詩格所提及的聲音重複的韻律，詩格多次論及疊字、雙聲、疊韻，或在用韻處討論，或在對偶處討論，可見聲音重複的韻律有許多表現的手法，這些手法是韻律模式參照的起點，而其具體的韻律節奏，則須待現代語言學的方法來進行分析詮釋。

〔註1〕黃慶萱：《修辭學》（臺北：三民書局，1975年），頁412。

第一節　唐人詩格對聲音重複的韻律討論

　　關於重複音響的表現，唐人詩格在文病、用韻及對偶三個部分皆有論及，以下就這三個部分分別進行說明。唐人詩格的引文都出自《文鏡秘府論》〔註 2〕，為避免註腳過濫，皆直接於引文後標註頁數。

一、文病對聲音重複韻律的討論

　　文病中論及聲音重複的韻律多集中在雙聲、疊韻的討論。雙聲的部分，文病中有「傍紐」病、「正紐」病，「傍紐」病為一句中出現相同聲母的用字，如「魚游見風月」（頁 507），「魚」與「月」聲母皆為「疑」母，此為「傍紐」病。元兢說：「又若不隔字而是雙聲，非病也。」即兩個同聲母的字相連在一起就不犯病了。「正紐」病為為一句（或兩句）中有發音相同而聲調不同的字，如「輕霞落暮錦，流火散秋金。」（頁 517）「金」、「錦」為一字之平聲與上聲，此犯「正紐」。空海釋曰：「除非故作雙聲，下句復雙聲對，方得免小紐之病也。」（頁 514）空海說的「小紐」即正紐，意思是若是故意使用雙聲，且下句也安雙聲來成為對句，就不犯「正紐」。

　　疊韻的部分，文病中有「大韻」、「小韻」。「大韻」為一聯中有字與韻腳（第十字）同韻的，如「紫翮拂花樹，黃鸝閒綠枝。思君一嘆息，啼淚應言垂。」（頁 501）前兩句中「鸝」與韻腳「枝」同為「支」韻，如此即犯「大韻」病。空海釋曰：「除非故作疊韻，此即不論。」（頁 502）若是刻意地使用疊韻，則不為犯病。「小韻」病是一聯中，除了韻腳，其他九個字有同韻者，如「搴簾出戶望，霜花朝瀁日。晨鶯傍杼飛，早燕挑軒出。」（頁 504）前兩句「望」與「瀁」同為「漾」韻，此則犯「小韻」病。同樣的，《文鏡》引劉善經說：「若故為疊韻，兩字一處，於理得通，⋯⋯不是病限。」（頁 506）若故為疊韻，則不犯病。

〔註 2〕《文鏡秘府論》使用的版本為 1991 年貫雅文化事業有限公司出版，王利器校注的《文鏡秘府論校注》。

　　歸結文病中對雙聲、疊韻的討論，文病的提出是爲了追求音韻殊異的效果，然而對於雙聲、疊韻這種部分音素重複的聲音表現，卻認爲是一種特殊的韻律，皆不認爲是音韻上的毛病。

二、用韻對聲音重複韻律的討論

　　《文鏡》中有八種用韻的形式，其中「疊韻」這一種就是討論疊韻作爲韻腳的聲音表現。如詩例：「看河水漠瀝，望野草蒼黃；露停君子樹，霜宿女姓姜。」（頁 73）第二句「蒼黃」疊韻，且「黃」爲韻腳，這是以疊韻的方式產生強調韻腳的作用。

三、對偶對聲音重複韻律的討論

　　對偶對聲音重複韻律的討論有「雙擬對」、「回文對」、「聯綿對」、「雙聲對」、「疊韻對」、「賦體對」、「異類對」。

　　雙擬對爲一聯中，各句的第一與第三字相同所形成的對偶形式。詩例：「夏暑夏不衰，秋陰秋未歸；炎至炎難卻，涼消涼易追。」（頁 272）回文對爲一聯上下句用字幾乎相同，然而語序相反的一種對偶，如「情親由得意，得意遂情親。」（頁 289）聯綿對爲一聯各句的第二字、第三字相同相對，如「看山山已峻，望水水仍清。」（頁 274）第二字、第三字乃五言詩上二下三節奏的相連之處，兩字相同則會形成上下兩音組連綴的效果。

　　雙聲對爲一聯中雙聲詞互對，疊韻對爲一聯中疊韻詞互對。賦體對討論句首（第一、二字）、句腹（第三、四字）、句尾（第四、五字）的疊字、雙聲、疊韻的情形，此對概可涵括雙聲、疊韻二對。異類對即不同類的詞語相對，如雙聲對疊韻，雙擬對回文。

　　總結唐人詩格的討論，雙聲、疊韻、疊字在唐人來說都是一種特殊的音效，唐人對於聲音相同所形成的韻律非常熱中，不僅是雙聲、疊韻、疊字等相連的相同音效，還包括同字不相連的音效，可以說是羅列了所有聲音重複的形式。詩格中的韻律模式，確實可以作爲檢視重複韻律的切入角度，然而詩格僅做了羅列的工作，並未說明

不同的重複形式會產生的如何的韻律節奏，也未探討重複韻律之所以美的原因。如詩格八種韻中的「疊韻」為在韻腳處使用疊韻，對偶論中的「疊韻對」是用疊韻彼此對偶，這兩者同時使用了疊韻的技法，然而產生的韻律音效卻完全不同。本論文藉詩格的各種韻律型態當作檢視的模型，更進一步地，以現代語言學的方法來解釋這些形式所形成的韻律節奏，並詮釋這些韻律節奏宛轉動聽的原因。

第二節　李賀近體詩同字重複的韻律表現

　　同字重複的韻律探討一句中出現疊字，一句中出現相同不相鄰的字，及兩句中出現相同的字三個範疇的韻律。疊字在詞彙學上稱重疊詞，重疊詞是指由詞素重疊而成的構詞方式，可依照詞素的性質，分為「疊音」和「疊義」兩種，「疊音」是單純詞的一種，「疊義」是合成詞的一種。〔註3〕不管是疊音或是疊義，兩個聲音相同的字連續的出現都會形成強調的音效與節奏。其次，唐詩中十分避忌使用重複的字（疊字除外），若在一句中或兩句間出現相同不相連的兩字，那在韻律上定有特意的安排，故得挑出檢視。

一、單一詩句中出現同字重複

　　單一詩句出現同字重複的有兩種情形，一種是同字相連出現，即所謂的疊字；另一種為兩個相同的字隔字出現，即類字。因李賀近體詩疊字的詩例不多，故本節不以構詞的角度進行過多的分類，單純就聲音重複的位置來探討，因此詞素重疊的合成詞（如：年年）與音節重疊的單純詞（如：渺渺）會放在一起討論。

（一）疊字重複

　　以下將五言詩、七言詩分開討論，並依疊字出現的音節位置羅

〔註3〕竺師家寧說：「疊義詞的兩個成分都是實詞，屬於兩個個別的詞素。疊音詞的兩個字則組成一個單一的詞素。」詳見竺師家寧：《漢語詞彙學》（臺北：五南圖書出版股份有限公司，1999年），頁292。

列詩例，進行討論。

1、五言詩

第一、二音節

（1）61-5　　<u>鸎鸎</u>〔bʰjuəi bʰjuəi〕啼深竹（〈追賦畫江潭苑四首〉之三）

第四、五音節

（2）4-1　　入苑白<u>泱泱</u>〔ʔjaŋ ʔjaŋ〕（〈同沈駙馬賦得御溝水〉）

（3）6-7　　錢塘蘇<u>小小</u>〔sjæu sjæu〕（〈七夕〉）

（4）29-1　　颼叔死<u>匆匆</u>〔tsʰuŋ tsʰuŋ〕（〈馬詩二十三首〉之九）

（5）53-1　　河轉曙<u>蕭蕭</u>〔siɛu siɛu〕（〈畫角東城〉）

（6）59-1　　吳苑曉<u>蒼蒼</u>〔tsʰaŋ tsʰaŋ〕（〈追賦畫江潭苑四首〉之一）

（7）67-9　　還吳已<u>渺渺</u>〔mjæu mjæu〕（〈奉和二兄罷使遣馬歸延州〉）

（8）67-10　　入郢莫<u>淒淒</u>〔tsʰiɛI tsʰiɛi〕（〈奉和二兄罷使遣馬歸延州〉）

五言詩出現疊字重複的共有 8 例，7 首詩。出現的音節位置只在第一、二音節及第四、五音節，其中出現在第四、五音節的有 5 例為押韻句，且 5 例中有 4 例為一首詩的首句，即在詩的一開始就以疊字來強調韻腳的韻律。另外，第 7 例與第 8 例為疊字對偶句，藉著對偶的形式更加強了疊韻的重複音效。

在語法上，8 例皆為疊音詞，有 2 例疊字為名詞稱謂，為第 1 例的「鸎鸎」（即狒狒）與第 3 例的「蘇小小」，其餘皆為摹景狀情的疊音詞，沒有擬聲詞。

在聲音部分，李賀近體所使用的疊字有一個共通點，即聲母多為精系字，發音部位在舌尖，8 例中有 5 例，如第 3、5 例「小小」、「蕭蕭」為舌尖擦音〔s-〕，第 4、6、8 例「匆匆」、「蒼蒼」、「淒淒」為舌尖塞擦音〔tsʰ-〕。疊字修飾的內容方面，第 5 例「河轉曙蕭蕭」

及第 6 例「吳苑曉蒼蒼」描寫清晨冷清寂寥的景象；第 8 例「入郢莫淒淒」淒淒是悲傷的心情；第 4 例「颼叔死匆匆」感慨識馬的颼叔太早過世，如今無有人能豢養千里馬了，第 3 例「錢塘蘇小小」雖為人名，然而這首寫七夕的詩是借蘇小小來象徵美好的女子，感嘆分隔的情人何時能夠再聚首。

　　在韻尾方面，8 例疊字有 3 例收舌根鼻音〔-ŋ〕，3 例收後高元音〔-u〕，2 例收前高元音〔-i〕。〔-u〕與〔-i〕皆為高元音，口腔共鳴空間最小，即這 5 例疊字以細小的聲音收尾。又「淒淒」、「蕭蕭」為四等字，「矗矗」、「泱泱」、「小小」、「渺渺」為三等字，8 例中有 6 例為細音。於是我們大概這麼說，李賀在五言近體的疊字表現多以舌尖音，細小的聲音相疊，來表現淒惻寂寥的情境。

2、七言詩

第三、四音節

（1）13-3　　不見<u>年年</u>〔nien nien〕遶海上《南園十三首》之六》

第六、七音節

（2）45-2　　膩香春粉黑<u>離離</u>〔lje lje〕《《昌谷北園新筍四首》之二》

　　七言詩出現疊字重複的共有 2 例，2 首詩。出現的音節為第三、四音節及第六、七音節，皆為七言上四下三的兩個音組的後兩個音節，在第六、七音節的疊字為押韻句。在語法上，「年年」是疊義的合成詞，意思是每一年；「黑離離」是疊音詞，描述字跡的顏色。在聲音上，兩例聲母都是舌尖音，都是細音，都是細小的聲音。

　　李賀近體詩單一詩句疊字重複的表現，出現疊字的共有 10 句，若以張靜宜《李賀詩之語言風格研究──從詞彙與句型結構分析》的統計來做對照，李賀整體詩歌的重疊詞有 125 個〔註4〕，近體詩的 10 個僅佔了整體的 8%，對比近體詩數量佔整體詩歌的 29%，李賀近體

〔註4〕張靜宜：《李賀詩之語言風格研究──從詞彙與句型結構分析》（淡江大學中國文學系碩士論文，1996 年），頁 133。

的疊字表現明顯較少，即李賀疊字的表現多出現在古體詩中。又張靜宜統計〔註5〕，李賀重疊式合成詞的數量有 67 個，疊音詞有 58 個，合成詞的數量是高於單純詞的，而李賀近體詩的疊字卻多為疊音詞，亦與李賀整體重疊詞的表現不同。另外，朴庸鎮《從現代語義學看李賀詩歌之語義研究》指出在描寫「聲音」方面，李賀使用相當多的詞彙，其中最常用的是擬聲的詞彙，他用了 46 個詞彙，比如說，根根、啾啾、嗷嗷、梢梢、咽咽、礔礔、促促、嘖嘖、咿咿、號號、嶢嶢、嚶嚶、蕭蕭、踏踏、鳴鳴、愔愔、淫淫、嗦、猰猰、釘鐺、丁丁、聲溘溘、鏖鏖、隆隆、漠漠、碎碎、呀呀等等。〔註6〕然而李賀近體詩出現的疊字卻沒有出現擬音詞。由上可知，李賀近體詩的重疊詞與整體詩歌的重疊詞表現有相當大的不同。

那麼，李賀近體詩疊字的特色又是什麼？歸整這十個詩例，發現有下列的共性：第一，多為摹景狀情的疊音詞，且沒有擬聲詞；第二，音節位置多出現在詩句的末兩音節，且多為押韻句；第三，聲母多為舌尖音，疊字多為細音，韻尾收音多為高元音，整體的疊字音效呈現較細小的聲響；第四，多為描述悲傷寂寥的情境。李賀近體使用疊字的情形雖然不多，卻呈現高度的相似性，可以說李賀在近體中使用疊字，有其別於古體詩的特殊韻律表現。

（二）隔字重複

隔字重複指的是一句詩中出現相同的用字，然而相同的字並未相連出現。因為此類詩例不多，故羅列所有詩例一起討論。

（1）24-1　　此馬〔ma〕非凡馬〔ma〕（〈馬詩二十三首〉之四）

（2）24-2　　房星〔sieŋ〕是本星〔sieŋ〕（〈馬詩二十三首〉之四）

（3）58-4　　今秋〔tsʰ ju〕似去秋〔tsʰ ju〕（〈莫種樹〉）

〔註5〕張靜宜：《李賀詩之語言風格研究——從詞彙與句型結構分析》（淡江大學中國文學系碩士論文，1996 年），頁 133。

〔註6〕朴庸鎮：《從現代語義學看李賀詩歌之語義研究》（東海大學中國文學系，1996 年），頁 100。

（4）11-1　　　　三十〔zjep〕未有二十〔zjep〕餘（〈南園十三首〉之四）

　　同字隔字重複的有 4 例，五言詩 3 例，七言詩 1 例。五言詩 3 例的共同處在於相同的字出現的音節都是第二、五音節，這兩個音節也正好是這三個詩例的頓歇處，相同的字出現在這兩個節奏點，會讓頓歇的節奏更為明顯。七言詩的一例也出現在頓歇的節奏點上，所有隔字出現的同字皆在節奏點上，可以說李賀對同字的音節位置是特別安排的。

　　五言詩 3 例中，有 2 例（第 2、3 例）是押韻句，同字的位置又正好是韻腳，也就是說李賀這兩個例子犯了唐人詩格中的「大韻」病。然而若就整首詩來看，第 2 例與第 1 例是〈馬詩二十三首〉之四的一組對句，按照論唐人詩格的說法，這是對偶中的「雙擬對」，不但不犯「大韻」，更是唐人的一種特殊的韻律表現。其次，第 3 例是絕句〈莫種樹〉的第四句，〈莫種樹〉的詩文為：「園中莫種樹，種樹四時愁。獨睡南牀月，今秋似去秋。」從詩文中可以發現這首詩出現同字重複的不只一處，第一、二句「種樹」也以頂真的方式重複，所以整首詩是以同字重複的韻律來構成。綜上，李賀五言單句隔字重複的韻律是以偶句或整首詩的結構來呈現。近體詩避忌重複用字，然而李賀以結構性的重複音效來形成特殊的韻律表現。

二、兩句間出現同字重複

　　兩句間出現同字重複數量不多，以下五言、七言合併討論。

1、〈馬詩二十三首〉之七

27-2　　　東王〔vjuɑŋ〕飯已乾

27-3　　　君王〔vjuɑŋ〕若燕去

2、〈馬詩二十三首〉之十三

33-2　　　長聞俠骨〔kuət〕香

33-3　　　堆金買駿骨〔kuət〕

3、〈莫種樹〉

58-1　　　園中莫<u>種樹</u>〔tɕjuoŋ ʑjuo〕

58-2　　　<u>種樹</u>〔tɕjuoŋ ʑjuo〕四時愁

4、〈南園十三首〉之二

9-1　　　<u>宮</u>〔kjuŋ〕北田膥曉氣酣

9-2　　　黃桑飲露窣<u>宮</u>〔kjuŋ〕簾

　　兩句間出現同字重複的有4例，五言3例，七言1例。出現的音節位置有1例（第1例）是相同的音節，1例（第3例）為上下句頂真相承，1例（第2例）在句末第四、五音節上，1例（第4例）分別在開頭與結尾音節處。4例中有2例（第3、4例）兩句為對偶句，另外2例（第1、2例）為一聯的下句與次聯的上句。對偶句的同字要不頂真相承，要不相隔較遠，避免太過相似的節奏；兩聯相鄰的兩句則為同音節，或相近音節位置，可以形成聯與聯之間的連綴節奏。兩句間出現同字重複的詩例雖然不多，但由同字位置的特意安排可以看出李賀同字所形成的韻律是十分特別的。

　　張靜宜《李賀詩之語言風格研究——從詞彙與句型結構分析》也論及李賀同字複用的情形，指出在李賀詩中，運用「類字」〔註7〕的修辭現象，共出現90次，其中以單音節的重複使用頻率最高，共計82次，如〈李憑箜篌引〉「女媧煉<u>石</u>補<u>天</u>處，<u>石破天</u>驚逗秋雨。」「石」、「天」重複；而雙音節及三音節的重複有8次。句與句的同字頂真有4例，如〈感諷五首之一〉「懷中一方<u>板</u>，<u>板</u>上數行書。」「板」字頂真重複；當句內的同字頂真有2例，如〈雁門太守行〉「黑雲壓<u>城城</u>欲摧」，「城」出現在七言上四下三兩個音組中上四的末字及下三的首字，形成頂真重複。〔註8〕近體詩類字的表現有8次（單句隔字重複

〔註7〕所謂的「類字」，即同一字詞隔字出現。黃慶萱說：「類字即字詞隔離的類疊」，見黃慶萱：《修辭學》（臺北：三民書局，1986年），頁413。

〔註8〕張靜宜：《李賀詩之語言風格研究——從詞彙與句型結構分析》（淡江大學中國文學系碩士論文，1996年），頁162～164。

4 例，兩句同字重複 4 例），佔了 90 次中 8.8%，相較近體詩佔整體詩歌的 30%，這樣的比例是很低的，因此我們可以說「類字」的現象是李賀樂府、古體詩的特色，而非近體詩的韻律特色。

李賀近體同字重複的情形不多，然而在同字的音節位置上，皆有刻意的安排，疊字多置與一句末兩音節，且多為押韻句；單一詩句隔字重複的，相同的字皆在句子的節奏點上；兩句同字重複的，對偶句要不同字頂眞相承，要不首尾呼應，兩聯相鄰的兩句則在相同或相近的音節位置上，形成連綴的節奏。其次，近體詩避忌同字隔字出現，然而李賀以結構性的安排，或同字兩句以對偶形式出現，或將同字重複的韻律組織成整首詩的主要旋律，在在顯示李賀巧妙處理同字重複的韻律技巧。又在聲音表現上，疊字多以細小的音響，描摹悲傷寂寥的情景，這也是李賀在近體中疊字的一個特色，對比前賢研究李賀多元的疊字型態及功能，在近體詩中，李賀在疊字的表現是比較單純統一的。

第三節　部分音素重複的韻律表現

部分音素重複主要探討的是，音節中聲母相同的韻律，與韻母相同的韻律。聲母相同或者叫作「雙聲」，「雙聲」在語言學的定義中指的是聲母相同的多音節詞語，一般以雙音節詞爲常見〔註9〕，即雙聲的充要條件爲聲母相同且是一個詞。然而就詩文技巧而論，雙聲一詞也可單純指聲母相同的韻律手法，而不涉及語法意義，如《南史・卷三十六》：「江夏王義恭嘗設齋，使戎布床，須臾王出，以床狹，乃自開床。戎曰：『官家恨狹，更廣八分。』王笑曰：『卿豈唯善雙聲，乃辯士也。』文帝好與玄保棋，嘗中使至，玄保曰：『今日上何召我邪？』戎曰：『金溝清泚，銅池搖揚，既佳光景，當得劇棋。』」〔註10〕例中

〔註9〕陳新雄等編著：《語言學辭典》增訂版（臺北：三民書局，1989 年初版，2005 年增訂），頁 231。
〔註10〕見〔唐〕李延壽撰：《南史》（北京：中華書局，1975 年），頁 934。

「官家」（見母）、「恨狹」（匣母）、「更廣」（見母）、「八分」（幫母）、「金溝」（見母）、「清泚」（清母）、「銅池」（定母、澄母）、「搖揚」（喻母）、「既佳」、「光景」（見母）、「當得」（端母）、「劇棋」（群母）都是雙聲，然而「恨狹」、「更廣」、「既佳」、「當得」、「劇棋」皆不是詞，可知此處「雙聲」是指聲母相同的重複音響。又如王國維《人間詞話》：「如梁武帝『後牖有朽柳』，『後牖有』三字，雙聲而兼疊韻。」「後牖有」並非一個詞，王氏也以雙聲、疊韻來描述，顯然把雙聲、疊韻當作一種韻律手法，而略去了語法意義。檢視李賀聲母相同的韻律，約有 40% 不是詞，僅是相鄰兩字同聲母，若將之回歸頭韻，本論文對頭韻的篩選是以一句超過半數音節聲母相諧為原則，即五言詩一句中有三字（含）以上相諧才擇取，所以同聲母的相鄰兩字不符合頭韻的條件。今若捨棄不論，一則相鄰兩字同聲母的數量不少，二則同聲母的表現確實屬於聲音重複的韻律範疇，又本節探討的是部分音素重複的韻律，當專注於聲音的表現，故將「雙聲」定義爲聲母相同的韻律手法。

　　再者，韻母相同或者說是「疊韻」，疊韻在語言學上的定義是兩個韻母相同的字組成一個詞。〔註11〕疊韻也必須是個詞，然上文已提及王國維將疊韻視爲一種韻律手法，又唐皮日休〈雜體詩序〉：「梁武帝云：『後牖有朽柳』，沈約云：『偏眠船舷邊』，由是疊韻興焉。」〔註12〕「後牖有朽柳」（有、厚韻）及「偏眠船舷邊」（先、仙韻）整句韻母相同〔註13〕，唐人皮日休也以疊韻稱之，故疊韻也可當作是韻母相同的韻律手法。

　　雙聲、疊韻既爲部分音素重複的表現手法，那麼整句聲母相同

〔註11〕陳新雄等編著：《語言學辭典》增訂版（臺北：三民書局，1989 年初版，2005 年增訂），頁 59。

〔註12〕詳見〔唐〕皮日休：《皮子文藪》（上海：上海古籍出版社，1981 年），頁 221。

〔註13〕按王力《漢語語音史》魏晉南北朝音系，尤侯幽同部，先仙同部，詳見王力：《漢語語音史》（北京：商務印書館，2008 年），頁 132、142。

的也可叫雙聲，如此便於頭韻相犯了，然而李賀雙聲、疊韻皆爲兩個音節，只有一例雙聲有三個音節聲母相同，這就屬於頭韻的範疇，故本節論雙聲、疊韻皆以兩個音節爲標準，如此不會與頭韻相犯，兩個音節的重複韻律，也與三個音節以上的頭韻音效不相同。以下分聲母相同的雙聲韻律與韻母相同的疊韻韻律兩部分，探討部分音素重複的聲音表現。

一、雙聲的韻律表現

雙聲韻律的探討，分五言與七言詩兩個部分，並依語法結構將聲母相同的兩音節分爲單純詞、合成詞、短語〔註14〕的雙聲現象，與相鄰兩字的雙聲現象。這兩種雙聲現象雖然都是聲母相同形成的重複音效，然而所產生的韻律還是不大相同的。單純詞、合成詞、短語的重複韻律，主要是讓兩音節形成更緊密的聲音呼應。而相鄰兩字的雙聲現象則會產生聯繫音組的效果，如〈苔贈〉「沈香〔x-〕燻〔x-〕小象」，此句句式可斷爲「上二下三」兩個音組，兩個音組交接的音節聲母相同，形成了頂眞的連續音效。

（一）五言詩的雙聲表現

1、單純詞、合成詞、短語的雙聲現象

第一、二音節

（1）2-3　　醞〔l-〕醩〔l-〕今夕酒（〈示弟〉）

（2）32-4　　牽〔kʰ-〕去〔kʰ-〕借將軍（〈馬詩二十三首〉之十二）

（3）48-46　　琉〔l-〕璃〔l-〕疊扇烘（〈惱公〉）

（4）48-53　　龜〔k-〕甲〔k-〕開屏澀（〈惱公〉）

〔註14〕左松超：「短語是由兩個或兩個以上的詞按照一定的語法關係構成的造句單位。……如偏正短語：難圖、暮宿，……如述賓短語：客我、食我，……」詳見左松超：《漢語語法（文言篇）》（臺北：五南圖書出版股份有限公司，2003年），頁176～202。

（5）48-61　蠟〔l-〕淚〔l-〕垂蘭燼（〈惱公〉）

（6）48-89　跳〔d^h-〕脫〔d^h-〕看年命（〈惱公〉）

（7）48-90　琵〔b^h-〕琶〔b^h-〕道吉凶（〈惱公〉）

（8）54-5　夜〔ø-〕遙〔ø-〕燈焰短（〈謝秀才有妾縞練改從於人秀才留之不得後生感憶座人製詩嘲誚賀復繼四首〉之三）

（9）54-6　睡〔ʑ-〕熟〔ʑ-〕小屏深（〈謝秀才有妾縞練改從於人秀才留之不得後生感憶座人製詩嘲誚賀復繼四首〉之三）

（10）55-3　戟〔k-〕幹〔k-〕橫龍簴（〈謝秀才有妾縞練改從於人秀才留之不得後生感憶座人製詩嘲誚賀復繼四首〉之四）

（11）57-2　厖〔m-〕眉〔m-〕入苦吟（〈巴童荅〉）

（12）59-7　行〔ɣ-〕雲〔ɣj-〕霑翠輦（〈追賦畫江潭苑四首〉之一）

（13）61-7　宮〔k-〕官〔k-〕燒蠟火（〈追賦畫江潭苑四首〉之三）

（14）64-10　棘〔k-〕徑〔k-〕臥乾蓬（〈王濬墓下作〉）

第三、四音節

（15）4-7　幸因流〔l-〕浪〔l-〕處（〈同沈駙馬賦得御溝水〉）

（16）36-3　莫嫌金〔k-〕甲〔k-〕重（〈馬詩二十三首〉之十六）

（17）48-75　魚生玉〔ŋ-〕藕〔ŋ-〕下（〈惱公〉）

（18）48-85　玉漏三〔s-〕星〔s-〕曙（〈惱公〉）

（19）50-32　麞頞北〔p-〕方〔p-〕奚（〈送秦光祿北征〉）

（20）54-7　好作鴛〔ʔ-〕鴦〔ʔ-〕夢（〈謝秀才有妾縞練改從於人秀才留之不得後生感憶座人製詩嘲誚賀復繼四首〉之三）

（21）65-2　請上琵〔b^h-〕琶〔b^h-〕絃（〈馮小憐〉）

第四、五音節

（22）5-6　當簾閱角〔k-〕巾〔k-〕（〈始爲奉禮憶昌谷山居〉）

（23）6-5　天上分金〔k-〕鏡〔k-〕（〈七夕〉）

（24）25-4　快走踏清〔ts^h-〕秋〔ts^h-〕（〈馬詩二十三首〉之五）

（25）37-2　　　磋間落細〔s-〕莎〔s-〕（〈馬詩二十三首〉之十七）

（26）48-41　　井檻淋清〔tsʰ-〕漆〔tsʰ-〕（〈惱公〉）

（27）48-66　　長絃怨削〔s-〕菘〔s-〕（〈惱公〉）

（28）50-29　　虎鞹先蒙〔m-〕馬〔m-〕（〈送秦光祿北征〉）

（29）62-4　　　尋箭踏盧〔l-〕龍〔l-〕（〈追賦畫江潭苑四首〉之四）

（30）66-8　　　鈎墜小蟾〔ʑ-〕蜍〔ʑ-〕（〈釣魚詩〉）

　　五言詩單純詞、合成詞、短語的雙聲現象共有 30 例，其中單純詞有：「醽醁」〔註15〕、「琉璃」、「跳脫」〔註16〕、「琵琶」（出現兩次）、「鴛鴦」、「盧龍」〔註17〕、「蟾蜍」，共 8 例；合成詞有「龜甲」、「蠟淚」、「戟幹」、「厖眉」、「行雲」、「宮官」、「棘徑」、「流浪」〔註18〕、「金甲」、「玉藕」、「三星」〔註19〕、「北方」、「角巾」、「金鏡」、「清

〔註15〕王琦注：「左思〈吳都賦〉『飛輕軒而酌綠醽』，李周翰註：『醽醁，酒名。』李善註：『湘州記曰：湘州臨水縣有醽湖，取水爲酒，名曰醽酒。』盛弘之荊州記曰：『淥水出豫章郡康樂縣，其間烏程鄉有井，官取水爲酒，酒極甘美，與湘東醽湖酒年常獻之，世稱醽醁酒。』」詳見〔唐〕李賀撰，〔明〕曾益等注：《李賀詩注》（臺北：世界書局，1963 年），頁 236。按「醽醁」原與產地名相關，後借指美酒，故歸爲單純詞。

〔註16〕跳脫即女子之手鐲，按計有功《唐詩紀事》卷二：「文宗問宰臣：『古詩云，輕衫襯跳脫，跳脫是何物？』宰臣未對，上曰：『即今之腕釧也。』」見〔宋〕計有功：《唐詩紀事》（臺北：臺灣中華書局，1981 年），頁 19。

〔註17〕王琦注「盧龍」爲山名。詳見〔唐〕李賀撰，〔明〕曾益等注：《李賀詩注》（臺北：世界書局，1963 年），頁 305。

〔註18〕「流浪」一詞在〈同沈駙馬賦得御溝水〉中意爲清波蕩漾，故爲合義詞。見林葉奇：《李賀詩集疏注》（北京：人民文學出版社），頁 12。

〔註19〕王琦注：「三星，用詩三星在天。」《漢語大詞典》釋「三星」：「《詩·唐風·綢繆》：『三星在天。』毛傳：『三星，參也。』鄭玄箋：『三星，謂心星也。』」均專指一宿而言。天空中明亮而接近的三星，有參宿三星，心宿三星，河鼓三星。據近人研究，《綢繆》首章『綢繆束薪，三星在天』，指參宿三星；二章『綢繆束芻，三星在隅』，指心宿三星；末章『綢繆束楚，三星在戶』，指河鼓三星。」見漢語大詞典編撰委員會編：《漢語大詞典》第一冊（上海市：漢語大詞典出版社，1995 年），頁 218。按三星詩意爲三顆明亮的星，故歸爲合成詞。

秋」、「細莎」、「清漆」、「削菘」，共 18 例；短語有「牽去」、「夜遙」、「睡熟」、「蒙馬」〔註20〕，共 4 例。三者以合成詞的數量最多，數量上甚至是單純詞的一倍以上，單純詞是既有的詞語，而合成詞是詩人的創造，可見李賀在雙聲詞的韻律上「創造」雙聲，而非只是「使用」雙聲。

在音節位置上，雙聲詞出現最多的位置是第一、二音節，共有 14 例，其次第四、五音節有 9 例，第三、四音節有 7 例。聲母是音節的起始聲音，第一、二音節是一句詩的起式音節，在此安置雙聲，聲母重複的效果特別明顯。第四、五音節正好在韻腳的位置，近體詩隔句押韻，也就是每兩句的末字就有一個重複的韻母出現，在這詩歌最重要的節奏點上出現雙聲，則押韻的重複韻律，加上韻腳與前一字的聲母重複，形成雙重的韻律層次。韻腳出現雙聲詞的例子，9 例中佔了 6 例，比例很高，顯示李賀對韻律層次的編織確有獨到之處。

2、相鄰兩字的雙聲現象

相鄰兩字雙聲的語法結構為，兩字中至少有一字不是一個詞，而只是詞的一部分，如〈感春〉「飛絲〔s-〕送〔s-〕百勞」，「絲」與「送」聲母相同，然「絲」是「飛絲」這個詞的其中一個音節，如此，這種雙聲韻律就不單純只作用在同聲母的兩個音節而已，更延展到兩個音組上，如上例「飛絲」與「送百勞」兩個音組即藉著「絲」與「送」聲母的重複形成頂真的連綴音效；又如〈惱公〉「密書題〔dʰ-〕荳〔dʰ-〕蔻」，「題」與「豆蔻」以〔dʰ-〕形成聲音的連綴，使這兩個詞讀來渾然一氣。李賀這類音效有不少詩例，甚至多過合成詞的雙聲現象，以下羅列詩例探究之。

（1）4-5　　　別館〔k-〕驚〔k-〕殘夢〈〈同沈駙馬賦得御溝水〉〉

（2）7-6　　　銀燈〔t-〕點〔t-〕舊紗〈〈過華清宮〉〉

〔註20〕詩句意為以虎皮蒙在馬身上。見林葱奇：《李賀詩集疏注》（北京：人民文學出版社，2013 年），頁 177。

（3）48-50　　芳醪〔l-〕落〔l-〕夜楓（〈惱公〉）

（4）48-7　　使君〔k-〕居〔k-〕曲陌（〈惱公〉）

（5）54-2　　蜂子〔ts-〕作〔ts-〕花心（〈謝秀才有妾縞練改從於人
　　　　　　　秀才留之不得後生感憶座人製詩嘲誚賀復繼四首〉之三）

（6）59-3　　小鬟〔ɣ-〕紅〔ɣ-〕粉薄（〈追賦畫江潭苑四首〉之一）

（7）62-3　　練香〔x-〕燻〔x-〕宋鵲（〈追賦畫江潭苑四首〉之四）

（8）63-1　　秋至〔tɕ-〕昭〔tɕ-〕關後（〈潞州張大宅病酒遇江使
　　　　　　　寄上十四兄〉）

（9）64-3　　白草〔tsʰ-〕侵〔tsʰ-〕煙死（〈王濬墓下作〉）

（10）68-3　　沈香〔x-〕燻〔x-〕小象（〈苦贈〉）

（11）69-2　　花悲〔p-〕北〔p-〕郭騷（〈感春〉）

（12）69-6　　飛絲〔s-〕送〔s-〕百勞（〈感春〉）

（13）50-3　　髯胡頻〔bʰ-〕犯〔bʰ-〕塞（〈送秦光祿北征〉）

（14）66-10　龍陽恨〔ɣ-〕有〔ɣj-〕餘（〈釣魚詩〉）

（15）32-4　　牽去借〔ts-〕將〔ts-〕軍（〈馬詩二十三首〉之十二）

（16）37-1　　白鐵剉〔tsʰ-〕青〔tsʰ-〕禾（〈馬詩二十三首〉之十七）

（17）38-3　　祇今掊〔bʰ-〕白〔bʰ-〕草（〈馬詩二十三首〉之十八）

（18）48-19　密書題〔dʰ-〕荳〔dʰ-〕蔻（〈惱公〉）

（19）41-3　　須鞭玉勒〔l-〕吏〔l-〕（〈馬詩二十三首〉之二十一）

　　相鄰兩字的雙聲現象共有 19 例，其中出現在第二、三音節最多，有 12 例，其餘 6 例出現在第三、四音節，1 例出現在第四、五音節。出現在第二、三音節的詩例皆可斷爲上二下三的節奏，第二、三音節的雙聲現象，則可連綴這兩個音組，形成頂眞連綿的音效。第三、四音節的雙聲現象，就上面的詩例，下三音組皆斷爲「一二」的節奏，如第 15 例「借將軍」斷爲「借／將軍」，第 17 例「掊白草」斷爲「掊／白草」，第三、四音節聲母相同，連綴了「一二」兩個音組；第四、五音節的雙聲現象只 1 例，也連綴了「玉勒」與「吏」兩個音組。綜上，相鄰兩字的雙聲現象連綴了兩個音組，使

其產生頂眞連綿的音效。

　　總結五言近體雙聲的表現，五言詩出現單純詞、合成詞、短語的雙聲現象的句子有 30 句，出現相鄰兩字的雙聲現象的句子有 19 句，總和共有 49 句，佔五言詩總句數 456 句的 10.7%。其中出現在第一、二音節的有 14 例，第二、三音節的有 12 例，第三、四音節的有 13 例，第四、五音節的有 10 例，以出現在第一、二音節的情形最多，然而四種音節點的數量非常接近，所以應該說李賀對雙聲在句中位置的安排是相當平均的。

　　在聲類的表現上，以見母雙聲出現最多，有 9 例，其次來母雙聲 7 例。發音部位以舌尖音 20 例最多，其次舌根音 16 例，兩者佔了雙聲詩例的 73.4%。發音方法則以塞音 21 例最多，其次擦音 11 例，其次塞擦音及邊音各 7 例。李賀五言律體雙聲的聲音表現以見母雙聲最爲突出；就發音部位而言，李賀慣用舌尖雙聲及舌根雙聲製造雙聲；就發音方法來看，則雙聲現象多爲塞音，產生重複的爆發聲響。

　　再從語法結構來看，雙聲詞的兩個音節是單純詞的有 8 例，合成詞 18 例，短語有 4 例，相鄰的兩字有 19 例。李賀五言近體聲母重複的音效最多的是相鄰的兩字同聲母，其次是合成詞。若雙聲是單純詞，如蟾蜍、琵琶，則詞形是固定不變的；若雙聲是合成詞，那麼雙聲就是被創造出來的，李賀合成詞數量是單純詞的一倍以上，可以看出李賀刻意創造雙聲詞。相鄰兩字的雙聲現象詩例最多，顯示的是李賀不只在兩音節上製造重複的聲響，更延展雙聲的韻律到兩個音組上，使兩個音組產生頂眞連綴的音效。如〈追賦畫江潭苑四首〉之四「練香〔x-〕燻〔x-〕宋鵲」，第二、三音節的曉母雙聲連結了「練香」與「燻宋鵲」兩個音組，形成頂眞連綴的音效。唐人詩格中曾提到連綿對，即兩句的第二、三字疊字相對，藉由第二、三字同字來形成連綿音效，若第二、三字聲母相同，同樣可以形成連結上二下三音組的連綿音效。李賀不僅是「使用」雙聲，更

是「創造」雙聲，且又利用雙聲製造頂真連綿的音效，雙聲的技法發揮得十分淋漓。

（二）七言詩的雙聲表現

七言詩出現雙聲詞的詩例有限，以下依音節先後一併羅列討論。

1、單純詞、合成詞、短語的雙聲現象

（1）10-1　　竹裡繰〔s-〕絲〔s-〕挑網車（〈南園十三首〉之三）

（2）52-4　　今朝誰〔ʐ-〕是〔ʐ-〕拋花人（〈酬荅二首〉之二）

（3）14-1　　長卿牢〔l-〕落〔l-〕悲空舍（〈南園十三首〉之七）

（4）16-1　　泉沙耎臥鴛〔ʔ-〕鴦〔ʔ-〕暖（〈南園十三首〉之九）

（5）19-1　　松溪黑水新龍〔l-〕卵〔l-〕（〈南園十三首〉之十二）

（6）47-4　　鳥重一枝入酒〔ts-〕樽〔ts-〕（〈昌谷北園新筍四首〉之四）

（7）51-3　　行處春風隨馬〔m-〕尾〔m-〕（〈酬荅二首〉之一）

（8）52-2　　御水鴛鴦暖白〔bʰ-〕蘋〔bʰ-〕（〈酬荅二首〉之二）

七言詩單純詞、合成詞、短語的詩例有 8 句，佔七言總詩句（80句）的 10%，其中單純詞有「牢落」、「鴛鴦」，合成詞有「龍卵」、「酒樽」、「馬尾」、「白蘋」，短語有「繰絲」、「誰是」，與五言詩相同，都是以合成詞的數量最多。分布的音節位置以第六、七音節 4 例最多，其次是第三、四音節 3 例，第六、七音節是詩句的最末音節，第三、四音節是「上四」音組的最末音節，可知七言詩的雙聲詞安排多於音組或語流的最末音節，以聲母的重複來增強末尾音節的節奏。

2、相鄰兩字的雙聲現象

相鄰兩字的雙聲現象依音節位置列舉如下：

（1）15-3　　窗含〔ɣ-〕遠〔ɣj-〕色通書幌（〈南園十三首〉之八）

（2）17-4　　老去〔kʰ-〕溪〔kʰ-〕頭作釣翁（〈南園十三首〉之十）

（3）45-1　　研取〔tsʰ-〕青〔tsʰ-〕光寫楚辭（〈昌谷北園新筍四首〉之二）

（4）45-4　　露壓〔ʔ-〕煙〔ʔ-〕啼千萬枝（〈昌谷北園新筍四首〉之二）

（5）51-3　　行處〔tɕʰ-〕春〔tɕʰ-〕風隨馬尾（〈酬荅二首〉之一）

（6）8-2　　　小白長紅〔ɣ-〕越〔ɣj-〕女腮（〈南園十三首〉之一）

（7）8-4　　　嫁與春風〔p-〕不〔p-〕用媒（〈南園十三首〉之一）

（8）10-3　　桃膠迎夏香〔x-〕琥〔x-〕珀（〈南園十三首〉之三）

（9）12-4　　若箇書生萬戶〔ɣ-〕侯〔ɣ-〕（〈南園十三首〉之五）

　　相鄰兩字的雙聲現象共有 9 例，以出現在第二、三音節的 5 例最多，其次第四、五音節有 2 例，第五、六及第六、七音節各有 1例，這些音節的雙聲現象都起了連綴音組的作用，形成連綿的音效。如〈南園十三首〉之十「老去〔kʰ-〕溪〔kʰ-〕頭作釣翁」，〔kʰ-〕的重複連結了「去」與「溪頭」，使這兩個詞讀起來是一體的。又如〈酬荅二首〉之一「行處〔tɕʰ-〕春〔tɕʰ-〕風隨馬尾」，〔tɕʰ-〕的重複使「行處」與「春風」兩個音組產生頂眞連綴的音效。再如〈南園十三首〉之一「嫁與春風〔p-〕不〔p-〕用媒」，〔p-〕連綴了「嫁與春風」與「不用媒」兩個音組。以上連綴的音組長度或有不同，然而相鄰兩字的雙聲造成的連綿音效的效果是十分清楚的。

　　總結七言近體雙聲的韻律表現，七言詩單純詞、合成詞、短語的雙聲現象有 8 句，相鄰兩字的雙聲現象的有 9 句，合計 17 句，佔七言整體詩句 80 句的 21.25%，比例上高於五言一倍。其中出現在第二、三音節及第六、七音節的最多，各佔了 5 例，其次第三、四音節 3 例，其次第四、五音節及第五、六音節各 2 例，相較於五言的均勻分布，七言出現雙聲的多在一句的中間及末尾音節處。

　　聲音表現上，17 個雙聲詞以匣（云）母雙聲有 3 個最多，其次爲來母及影母，各有 2 個。在發音部位上，舌根音與舌尖音最多，各有 5 個。在發音方法上，擦音有 6 個最多，其次塞音有 5 個。相較於五言，舌根音與舌尖音雙聲最多，這點是一樣的，而發音方法上，五言則以塞音最多，且數量是擦音的一倍，七言則以擦音最多。

在語法結構上，七言 17 個詩例中，單純詞有 2 個，爲「牢落」、「鴛鴦」，合成詞有「龍卵」、「酒樽」、「馬尾」、「白蘋」4 個，短語有「繰絲」、「誰是」2 個，其餘 9 個皆爲相鄰兩字，在比例上與五言是相近的，只是七言相鄰兩字的比例更高。相鄰兩字的雙聲產生的韻律不同於雙聲詞，雙聲詞的重複韻律只作用於聲母相同的兩個音節上，相鄰兩字則是藉著聲母重複產生詞組與詞組的頂眞韻律，形成渾然一氣的連綿音效。李賀在五言、七言中相鄰兩字佔了雙聲韻律將近一半的比例，顯示李賀不僅運用雙聲形成重複的韻律，更嫻熟於利用重複的韻律製造連綴的音效。

統整李賀的雙聲表現，李賀近體詩出現雙聲音效的共有 66 句，五言有 49 句，七言有 17 句，佔整體詩歌 536 句的 12.3%，比例並不高，不像六朝時雙聲疊韻連篇累牘，李賀雙聲的用意在於點綴，在一句中形成兩個音節的復沓或兩個音組的連綴。在音節位置上，五言雙聲出現的音節位置較平均，七言則多出現於中間及末尾音節處，末尾出現雙聲多爲押韻句，如此雙聲與押韻交互作用，讓韻律層次更爲豐富；雙聲出現在中間音節的，聲母相同的音效可與前後音節形成對比，形成聲母「異－同－異」的聲音變化。

在聲音表現上，見母、來母雙聲最多，各有 9 例，其次匣（云）母雙聲 6 例。在發音部位上，以舌根音及舌尖音最多，兩者將近佔了 50 例；在發音方法上，以塞音最多，有 26 例，其次擦音 17 例。發音部位上舌根音與舌尖音有較強勢的比例，這兩類聲母氣流受到阻塞的位置一個在舌尖，一個在舌根，可知李賀慣用這兩個部位來形成雙聲音效。

在語法結構上，李賀雙聲韻律約有六成的詩例有語法關係，兩音節或爲單純詞，或爲合成詞，或爲短語關係，另外四成則是相鄰的兩字，語法結構薄弱。有語法關係的詩例以合成詞的數量最多，且是單純詞的一倍以上，李賀用以形成聲母重複音效的並非既成的單純詞（如蟾蜍、牢落等單純詞），而是可以自行創造的合成詞，也就是李

賀不只「使用」雙聲，更是「創造」雙聲。此外，相鄰兩字的雙聲，其重複韻律不只作用在聲母相同的兩個音節上而已，更延展到其他音組，於是我們又可以說，李賀除了「創造」雙聲，更利用雙聲的重複音效，延展出頂眞連綴的韻律。

二、疊韻的韻律表現

疊韻是兩個音節後半段聲音重複，主要是主元音與韻尾的重複，主元音是音節中響度最大的音素，故疊韻的重複韻律比雙聲更爲明顯。疊韻的擇取以《廣韻》標注同用的韻部作爲標準，如《廣韻》灰咍同用、賄海同用、隊代同用，所以「玳（代）瑁（隊）」爲疊韻。李賀疊韻的詩例不多，相鄰兩字的疊韻極少，以下分作五言與七言詩兩個部分，羅列所有詩例一併討論。

（一）五言詩的疊韻表現

五言詩疊韻的詩例依音節位置羅列如下：

（1）31-4　　蹭〔-əŋ〕蹬〔-əŋ〕溢風塵（〈馬詩二十三首〉之十一）

（2）48-2　　嬌〔-jæu〕嬈〔-jæu〕粉自紅（〈惱公〉）

（3）48-11　陂〔-ɑ〕陀〔-ɑ〕梳碧鳳（〈惱公〉）

（4）48-12　嫛〔-ieu〕裊〔-ieu〕帶金蟲（〈惱公〉）

（5）48-45　玳〔-Ai〕瑁〔-Ai〕釘簾薄（〈惱公〉）

（6）50-31　趢〔-Am〕趗〔-Am〕西旅狗（〈送秦光祿北征〉）

（7）27-1　　西母〔-u〕酒〔-ju〕將闌（〈馬詩二十三首〉之七）

（8）69-7　　胡琴〔-jem〕今〔-jem〕日恨（〈感春〉）

（9）2-2　　還家一〔-jet〕日〔-jet〕餘（〈示弟〉）

（10）48-21　莫鎖茱〔-juo〕萸〔-juo〕匣（〈惱公〉）

（11）53-2　　鴉飛睥〔-iɛi〕睨〔-iɛi〕高（〈畫角東城〉）

（12）21-1　　龍脊貼連〔-jæn〕錢〔-jæn〕（〈馬詩二十三首〉之一）

（13）26-1　　飢臥骨查〔-a〕牙〔-a〕（〈馬詩二十三首〉之六）

（14）33-4　　將送楚襄〔-jɑŋ〕王〔-jɑŋ〕（〈馬詩二十三首〉之十三）

（15）48-19　密書題荳〔-u〕蔻〔-u〕（〈惱公〉）

（16）48-36　今日鑿崆〔-uŋ〕峒〔-uŋ〕（〈惱公〉）

（17）59-8　今日似襄〔-jaŋ〕王〔-jaŋ〕（〈追賦畫江潭苑四首〉之一）

（18）69-1　日暖自蕭〔-iɛu〕條〔-iɛu〕（〈感春〉）

五言詩疊韻的詩例共有 18 例，在語法結構上，疊韻爲單純詞的有 12 個，爲「蹭蹬」〔註21〕、「嬌嬈」〔註22〕、「陂陀」〔註23〕、「嫋褭」〔註24〕、「玳瑁」、「趁趕」〔註25〕、「茱萸」、「睥睨」〔註26〕、「查牙」〔註27〕、「荳蔻」、「崆峒」、「蕭條」；合成詞有 4 例，爲「一日」、「連錢」、「襄王」（出現兩次）；相鄰的兩字有 2 例。與雙聲正好相反，李賀五言疊韻以單純詞最多，是合成詞的三倍，而相鄰兩字最少。

聲調部分，平聲疊韻最多，有 11 例，其次去聲 4 例，其次上聲 2 例，入聲 1 例。平聲賒緩綿長，可使疊韻的音效更爲悠長。就韻尾來看，疊韻爲陰聲韻的有 10 例，陽聲韻的有 7 例，入聲韻的有 1 例，李賀入聲詩例極少，以入聲的疊韻會形成連續的頓音，在節奏上過於

〔註21〕王琦注：「蹭蹬，困頓也。」詳見〔唐〕李賀撰，〔明〕曾益等注：《李賀詩注》（臺北：世界書局，1963 年），頁 269。

〔註22〕嬌嬈，美人名。按王琦注：「後漢宋子侯有〈董嬌嬈詩〉，杜子美詩：『佳人屢出董嬌嬈』。」詳見〔唐〕李賀撰，〔明〕曾益等注：《李賀詩注》（臺北：世界書局，1963 年），頁 288。

〔註23〕王琦注：「陂陀，高低不平之貌。」詳見〔唐〕李賀撰，〔明〕曾益等注：《李賀詩注》（臺北：世界書局，1963 年），頁 288。

〔註24〕王琦注：「嫋褭，宛轉搖動之貌。」詳見〔唐〕李賀撰，〔明〕曾益等注：《李賀詩注》（臺北：世界書局，1963 年），頁 288。

〔註25〕王琦注：「左思〈吳都賦〉：『趁趕𨂂𨇾』，李善註：『相隨驅逐眾多貌』。《廣韻》：『趁趕，走貌。』」詳見〔唐〕李賀撰，〔明〕曾益等注：《李賀詩注》（臺北：世界書局，1963 年），頁 298。

〔註26〕王琦注：「《釋名》：城上垣曰睥睨。」詳見〔唐〕李賀撰，〔明〕曾益等注：《李賀詩注》（臺北：世界書局，1963 年），頁 299。

〔註27〕王琦注：「查牙，骨露貌。」詳見〔唐〕李賀撰，〔明〕曾益等注：《李賀詩注》（臺北：世界書局，1963 年），頁 267。

緊促。從多用平聲疊韻與少用入聲的情形看來，李賀的疊韻韻律大概是悠揚綿長的。

　　就音節位置來看，疊韻在第一、二音節的有 6 例，第二、三音節的有 2 例，第三、四音節的有 3 例，第四、五音節的有 7 例，李賀五言詩疊韻的位置多在首尾音節處。在第一、二音節置放疊韻，使語流的開端呈現強勁有力的重複韻律。而末尾音節的疊韻，則形成多層次的韻律效果，第四、五音節出現疊韻的，7 例中有 6 例爲押韻句，比例相當高，在韻腳上安排疊韻，這種韻律就是唐人詩格八種韻中的「疊韻」，是藉著疊韻的重複音效來強化押韻的表現。然而疊韻不只強化了押韻的音效，也讓本來十字一次韻的押韻的規律變得更爲活潑。押韻句的 6 例中有 3 例是整首詩的第一句（第 12、13、18 例），2 例是整首詩的最後一句（第 14、17 例），若是首句入韻，整首詩的用韻節奏爲五字一韻，五字一韻，十字一韻（以五絕爲例），用韻的密度是較高的，加之用韻處疊韻，使整首詩「韻」的音效非常的強烈；若在最末一句疊韻，韻腳的音節數在最後一句增加一個，增強了韻的長度、響度，也使押韻的韻律產生了活潑的變化，如〈追賦畫江潭苑四首〉之一：

　　　　吳苑曉蒼〔-aŋ〕蒼〔-aŋ〕，宮衣水濺黃〔-aŋ〕。
　　　　小鬟紅粉薄，騎馬珮珠長〔-jaŋ〕。
　　　　路指臺城迥，羅薰袴褶香〔-jaŋ〕。
　　　　行雲沾翠輦，今日似裹〔-jaŋ〕王〔-jaŋ〕。

這首詩末句疊韻，首句疊字，又首句入韻，所以這首詩的押韻韻律極爲活潑：第一句及最末句都是形成疊韻音效，所以第一句及最末句韻腳的音效及音長都倍增，原本首句入韻「五－五－十－十－十」的用韻節奏，韻腳預期在第五字或第十字出現，也在第一個及最後一個韻腳提早出現而變化了節奏，使得整首詩雖是五言的整齊句式，卻在聽覺上產生了長短句的韻律。

（二）七言詩的疊韻表現

七言詩疊韻僅出現在第一、二音節與第三、四音節，這兩個音節位置皆在七言上四下三的上四音組中，李賀在七言中所安置的疊韻都在一句的前半段音組中。

（1）9-2　　黃〔-uaŋ〕桑〔-aŋ〕飲露窄宮簾（〈南園十三首〉之二）

（2）44-1　　籜〔-ak〕落〔-ak〕長竿削玉開（〈昌谷北園新筍四首〉之一）

（3）19-4　　輕綃一〔-jet〕疋〔-jet〕染朝霞（〈南園十三首〉之十二）

（4）49-4　　堪鎖千〔-ien〕年〔-ien〕白日長（〈三月過行宮〉）

七言詩的疊韻有 4 例，疊韻出現在第一、二音節及第三、四音節的各有 2 例。語法上，「黃桑」、「一疋」、「千年」為合成詞，「籜落」為短語，籜是竹皮，籜落是竹皮脫落的意思。就韻尾來看，陽聲韻與入聲韻各有 2 例；聲調上，平聲與入聲各有 2 例。相較於五言疊韻，五言疊韻多為單純詞，七言沒有單純詞的疊韻；五言疊韻多在首尾音節，七言則集中在上四音組；五言入聲疊韻僅一例，七言則四例中就有兩例。七言疊韻的表現確實與五言有頗大的差異，然而七言詩例太少，也不能就此斷言七言疊韻有什麼特殊的表現。

總結李賀近體疊韻的表現，李賀近體出現疊韻的共有 22 句（五言 18 句，七言 4 句），佔整體詩歌 536 句的 4.1%，比例上比雙聲的 12.5%少很多。疊韻之所以數量這麼少，或許是因為疊韻的擇取是以《廣韻》註明同用的韻部為標準，然而，從第三章第二節李賀近體韻部通用情形的討論，我們已經知道李賀韻部通用的情形與《廣韻》有許多出入，如《廣韻》支、脂、之同用，微獨用，這四個韻部李賀已然互相通押，所以李賀〈感春〉「飛絲送百勞」中的「飛（微）絲（之）」以《廣韻》看不算疊韻，對李賀來說，即便韻母

不是完全相同，那也是相當接近的，聲音的表現便如疊韻。

今將李賀與《廣韻》不同的通押韻部，相連同聲調的兩字摘出，詩例如下：

五言詩

（1）23-2　<u>驅（虞）車（魚）</u>上玉崑（〈馬詩二十三首〉之三）

（2）25-2　<u>燕（先）山（山）</u>月似鉤（〈馬詩二十三首〉之五）

（3）48-40　<u>骨（沒）出（術）</u>似飛龍（〈惱公〉）

（4）69-6　<u>飛（微）絲（之）</u>送百勞（〈感春〉）

（5）48-23　弄珠驚漢（翰）<u>燕（霰）</u>（〈惱公〉）

（6）48-31　腸攢非束（燭）<u>竹（屋）</u>（〈惱公〉）

（7）64-5　古書平黑（德）<u>石（昔）</u>（〈王濬墓下作〉）

（8）66-7　餌懸春蜥（錫）<u>蜴（昔）</u>（〈釣魚詩〉）

七言詩

（1）10-3　<u>桃（豪）膠（肴）</u>迎夏香琥珀（〈南園十三首〉之三）

（2）14-2　<u>曼（願）倩（霰）</u>詼諧取自容（〈南園十三首〉之七）

五言共有 8 例，七言共 2 例，合計 10 例。若將這 10 例也算入疊韻的行列，則李賀疊韻的詩句共有 30 例，佔整體詩句的 5.5%，比例上還是比雙聲的 12.5% 少很多，所以我們可以說李賀雙聲的表現是強過於疊韻的。如再對比於第三章第三節，句中韻中相連但聲調不同的相諧韻母，如〈馬詩二十三首〉之六「鬣毛刺破（過）花（麻）」，「破」、「花」韻母相諧，但一個去聲一個平聲，這樣的詩例共有 65 句，我們更可以知道，李賀疊韻的音效比較是點綴性的功用。

其次，就疊韻韻部的表現情形來看，各韻部出現的次數如下：

表 5-1　疊韻韻類統計表

	陽聲韻								陰聲韻										入聲韻		合計
	東	先	仙	陽	唐	嶝	侵	覃	虞	霽	隊、代	蕭	篠	宵	歌	麻	候	有、厚	質	鐸	
五言	1		1	2		1	1	1	1	1	1	1	1	1	1	1	1	1	1		18
七言		1			1														1	1	4
小計	1	1	1	2	1	1	1	1	1	1	1	1	1	1	1	1	1	1	2	1	22
合計	9								10										3		22

　　李賀近體的疊韻 22 例共用了 22 個韻目，除了陽韻、質韻有兩例疊韻，其他韻部都只有一例，李賀疊韻的詩例雖少，然而使用的韻類的重複性相當低，形成多元的疊韻音效。20 例疊韻中，陰聲韻的疊韻情形最多，有 10 例，其次陽聲韻，有 9 例，入聲韻最少，只有 3 例。陰聲韻的疊韻，韻尾多收圓唇後元音〔-u〕、〔-o〕，10 例中有 5 例；陽聲韻的疊韻韻尾多收舌根鼻音〔-ŋ〕，9 例中有 5 例，兩種韻尾在音響上都是很響亮的。

　　在聲調上，以平聲疊韻 12 例最多，其次去聲 4 例、入聲 3 例、上聲 1 例，平聲賒緩，疊韻的音效更能綿長蕩漾。在音節位置上，五言疊韻以第四、五音節的詩例最多，其次為第一、二音節，七言四例都出現在七言上四下三的上四音組中。疊韻詩例雖然不多，然而出現的位置多為一句的開頭或結尾音節，在疊韻的音效上都有強化的效果。且五言第四、五音節的疊韻多為押韻句，如此疊韻的音效更為顯著，押韻的韻律也因韻腳的疊韻得到強化，押韻頻率也因疊韻產生活潑的節奏。

在語法結構上，疊韻為單純詞的最多，有 12 例，其次為合成詞 7 例，其次為短語 1 例，與雙聲相鄰兩字最多，單純詞相對較少的情形正好相反。

三、部分音素重複的對應表現

以上僅就單一詩句中的雙聲、疊韻情形作探討，而唐人詩格在論對偶時，討論了雙聲對雙聲、疊韻對疊韻、疊韻對雙聲的對偶形式，這些對偶形式使雙聲、疊韻從兩個音節的韻律展開到兩句的結構韻律。以下就兩句中雙聲對雙聲、雙聲對疊韻、疊韻對疊韻等情形分別作討論，因重點在檢視重複音響的對應表現，以下雙聲包含雙聲詞及相鄰兩字的雙聲現象。

（一）雙聲對雙聲

兩句中同音節位置雙聲對雙聲的詩例如下：

1、〈惱公〉

48-89　跳〔dʰ-〕脫〔dʰ-〕看年命

48-90　琵〔bʰ-〕琶〔bʰ-〕道吉凶

2、〈謝秀才有妾縞練改從於人秀才留之不得後生感憶座人製詩嘲誚賀復繼四首〉之三

54-5　夜〔ø-〕遙〔ø-〕燈焰短

54-6　睡〔z-〕熟〔z-〕小屏深

兩句中雙聲對偶的有 2 例，皆在第一、二音節上對應。除此之外，李賀近體中尚有一例近於雙聲對偶的韻律，如下：

3、〈同沈駙馬賦得御溝水〉

4-5　別館〔k-〕驚〔k-〕殘夢

4-6　停盃〔p-〕泛〔pʰ-〕小觴

這一例的第二句「盃」（幫母）與「泛」（敷母）都是雙唇塞音，差別在「泛」送氣，「盃」不送氣。這樣的音效非常接近雙聲，故亦

將此例列歸雙聲對偶的形式。雙聲對偶會在兩句同音節位置產生重複的聲母韻律，如此兩句便會產生同樣的節奏。

（二）疊韻對疊韻

兩句中同音節位置疊韻對疊韻的詩例如下：

1、〈惱公〉

48-11　　陂〔-ɑ〕陀〔-ɑ〕梳碧鳳

48-12　　嫚〔-iɛu〕裊〔-iɛu〕帶金蟲

兩句中疊韻對偶的只有 1 例，為平聲對上聲，洪音（一等韻）對細音（四等韻）的對比的對偶韻律。疊韻對偶除了這一例之外，尚有近於疊韻韻律的詩例：

2、〈惱公〉

48-21　　莫鎖茉〔-juo〕莈〔-juo〕匣

48-22　　休開翡〔-juəi〕翠〔-juei〕籠

《廣韻》「支、脂、之」同用，「微」獨用，李賀「支、脂、之、微」通押，對李賀而言，這四個韻部的讀音當是非常接近，「翡翠」韻母為「未至」（微與脂的去聲），當非常接近疊韻的韻律。疊韻對偶會在兩句同音節位置產生重複的韻母韻律，如此兩句便會產生同樣的節奏。

（三）雙聲對疊韻

兩句中同音節位置雙聲對疊韻的詩例如下：

1、〈惱公〉

48-45　　玳〔-Ai〕瑁〔-Ai〕釘簾薄

48-46　　琉〔l-〕璃〔l-〕疊扇烘

雙聲對疊韻僅有 1 例，為偶句相對。此外尚有一例為聲母相同對韻母相同，然而兩者都是相鄰的兩字，不是詞，且為一聯的對句與次一聯的出句相對，以其為重複聲母與韻母緊鄰排列，故列入此類討論。

2、〈感春〉

69-6　　飛絲〔s-〕送〔s-〕百勞

69-7　　胡琴〔-jem〕今〔-jem〕日恨

　　上例的雙聲疊韻各自在句中形成連綴音組的音效，其在相同音節的重複韻律，也兩句的節奏相近，讓聯與聯的韻律關係更為緊密。

　　雙聲對疊韻除了上述兩例之外，李賀近體中尚有幾個近於雙聲對疊韻的詩例，如下：

3、〈釣魚詩〉

66-7　　餌懸春蜥〔-iek〕蜴〔-jek〕

66-8　　鉤墜小蟾〔z-〕蜍〔z-〕

　　此例上句「蜥蜴」韻母為「錫昔」，《廣韻》「庚、耕、清」同用，「青」獨用，李賀這四個韻部已然通押，故「蜥蜴」對李賀來說，應是韻母非常接近的疊韻詞。

4、〈南園十三首〉之七

14-1　　長卿牢〔l-〕落〔l-〕悲空舍

14-2　　曼倩詼〔-Ai〕諧〔-ɐi〕取自容

　　此例下句「詼諧」韻母為「灰皆」，《廣韻》「灰、咍」同用，「佳、皆」同用，李賀「灰、咍、佳」通押，故「灰」、「皆」兩韻在讀音上應該非常接近。

5、〈昌谷北園新筍四首〉之一

44-1　　籜〔-ɑk〕落〔-ɑk〕長竿削玉開

44-2　　君〔k-〕看〔kʰ-〕母筍是龍材

　　此例下句的「君」、「看」兩字的聲母皆為舌根塞音，差別在送氣不送氣，故「君」、「看」兩字是非常接近雙聲韻律的。

6、〈南園十三首〉之十二

19-1　　松溪黑水新龍〔l-〕卵〔l-〕

19-2　　桂洞生硝舊馬〔-a〕牙〔-a〕

　　此例下句「馬牙」韻母為「馬麻」，兩韻的差別只在聲調上一為上聲一為平聲，又相對應的雙聲「龍卵」兩字，一為平聲一為上聲，在對偶的形式上，聲母、韻母音值相對，聲調也相對，列於雙聲疊韻對偶的韻律當是沒有問題的。

　　以上雙聲對疊韻的 6 個例子，以出現在句子的開頭兩音節與最末兩音節最多，各有 2 例。聲母以來母出現的最多，疊韻陰聲韻有 3 例，入聲韻 2 例，陽聲韻 1 例。

（四）其他對應形式

　　除了上列的雙聲相對、疊韻相對、雙聲對疊韻的情形外，尚有一些雙聲疊韻的對應現象，如一句中有兩組雙聲，或一句中雙聲疊韻有交錯重疊的情形，或兩句出現雙聲、疊韻，然而卻不在相同的音節點上相互對應。這些雙聲疊韻的表現都有其特殊的音效，以下分別討論。

1、一句中有兩組雙聲

（1）32-4　　　韋〔k^h-〕去〔k^h-〕借〔ts-〕將〔ts-〕軍（〈馬詩二十三首〉之十二）

（2）51-3　　　行處〔$t\varsigma^h$-〕春〔$t\varsigma^h$-〕風隨馬〔m-〕尾〔m-〕（〈酬答二首〉之一）

　　一句中有兩組雙聲的有 2 例，五言、七言各一例，此類詩例極少，以濫用雙聲則韻律則過於斧鑿，失於和美。五言五字有四字是雙聲，重複的韻律非常明顯，除了形成相同的重複音響，五言兩組雙聲又是舌尖與舌根的對比，七言則是雙唇與舌面音的對比，又形成變化性的音效。在語法上，這兩例的雙聲有一組是合成詞或短語，另一組為相鄰的兩字，合成詞與短語是兩音節間的重複音效，相鄰兩字則是在音組與音組間形成連綴的音效，雖然都是雙聲，然不同的語法結構，產生了不同的韻律效果，李賀這樣的安排，讓一句中出現兩組雙聲不至淪於單調的重複。

2、一句中雙聲、疊韻交錯重疊

48-19　　　　密　書　題　豆　蔻　　（〈惱公〉）

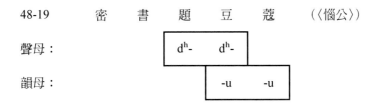

聲母：

韻母：

此例「題荳蔻」三個字既包含了雙聲，也包含了疊韻，形成音節前半段的重複結束，緊接著音節後半段重複的連綿音效。

3、兩句出現雙聲、疊韻，然對應位置不同

(1)〈馬詩二十三首〉之十七（雙聲）

　　37-1　　白鐵剉〔tsʰ-〕青〔tsʰ-〕禾

　　37-2　　碪間落細〔s-〕莎〔s-〕

(2)〈追賦畫江潭苑四首〉之四（雙聲）

　　62-3　　練香〔x-〕燻〔x-〕宋鵲

　　62-4　　尋箭踏盧〔l-〕龍〔l-〕

(3)〈送秦光祿北征〉（雙聲疊韻）

　　50-31　　趉〔-Am〕趲〔-Am〕西旅狗

　　50-32　　麋頲北〔p-〕方〔p-〕奚

(4)〈追賦畫江潭苑四首〉之一（雙聲疊韻）

　　59-7　　行〔ɣ-〕雲〔vj-〕霑翠輦

　　59-8　　今日似襄〔-jaŋ〕王〔-jaŋ〕

(5)〈感春〉（雙聲疊韻）

　　69-1　　日暖自蕭〔-iɛu〕條〔-uɛi〕

　　69-2　　花悲〔p-〕北〔p-〕郭騷

此類有 5 例，雙聲相對的有 2 例，雙聲對疊韻的有 3 例，皆為五言詩例。相對的音節位置多相鄰，但不交疊，如第 2 例雙聲出現在第一句的第二、三音節，及第二句的第四、五音節，這樣的例子

有 3 例，呈現出接力般相續的重複音效。另外，第 1 例雙聲的位置在第一句的第三、四音節，及第二句的第四、五音節，也呈現接續的音效。大抵來說，這類的對應呈現的音效就是這種接力似的相續重複音效。

　　總的來說，李賀雙聲、疊韻形成的結構韻律以雙聲對疊韻的對應形式最多，雖然整體的詩例並不多，然而雙聲、疊韻的對應形式卻很豐富：有雙聲同音節相對的，有疊韻同音節相對的，有雙聲、疊韻同音節相對的，有雙聲、疊韻接續音節相對的，也有一句兩組雙聲的，有一句雙聲、疊韻交疊的。這麼多樣的形式變化，代表李賀雙聲、疊韻結構韻律的安排手法是很多元的。

第四節　小　結

　　本章探討李賀近體聲音重複的音響表現，主要分為同字重複與部分音素重複（雙聲、疊韻）兩個部分。重複的音響，不管是同音重複，或者是部分音素重複，都會形成復沓的韻律，產生強調的音效，讓讀者印象更加深刻。李賀近體詩重複音效的例子雖然不多，然而在疊字、雙聲、疊韻上都各有顯著的特色。

一、雙聲韻律的突出表現

　　李賀近體在單一詩句聲音重複的韻律表現上，出現疊字重複有 14 句，雙聲的有 66 句，疊韻的有 20 句，雙聲的數量遠勝於疊字與疊韻。雙聲 66 句中，五言詩雙聲佔了 49 句，七言詩佔了 17 句；五言雙聲出現的音節位置較平均，七言則多出現於中間及末尾音節處。在聲音表現上，見母、來母雙聲最多，各有 9 例，其次匣（云）母雙聲 6 例。在發音部位上，以舌根音及舌尖音最多，兩者將近佔了 50 例；在發音方法上，以塞音最多，有 26 例，其次擦音 17 例。發音部位上舌根音與舌尖音有較強勢的比例，這兩類聲母氣流受到阻塞的位置一個在舌尖，一個在舌根，可知李賀慣用這兩個部位來

形成雙聲音效。

　　在語法結構上，李賀雙聲韻律約有六成的詩例有語法關係，兩音節或為單純詞，或為合成詞，或為短語關係，另外四成則是相鄰的兩字，語法結構薄弱。有語法關係的詩例以合成詞的數量最多，且是單純詞的一倍以上，李賀用以形成聲母重複音效的並非既成的單純詞（如蟾蜍、牢落等單純詞），而是可以自行創造的合成詞，也就是李賀不只「使用」雙聲，更是「創造」雙聲。此外，相鄰兩字的雙聲，其重複韻律不只作用在聲母相同的兩個音節上而已，更延展到其他音組，於是我們又可以說，李賀除了「創造」雙聲，更利用雙聲的重複音效，延展出頂真連綴的韻律。

二、疊字、疊韻的韻律特色

　　疊字、疊韻的共同特色為多出現在韻腳上，疊字 14 句中，有11 句疊字出現在韻腳上，如〈畫角東城〉「河轉曙蕭蕭，鴉飛睥睨高。」五言詩疊韻出現在第四、五音節的最多，有 7 例，7 例中有 6例為押韻句，如〈馬詩二十三首〉之六「飢臥骨查牙，麤毛刺破花。」疊字與疊韻的共通點在於韻母相同，藉著韻母的連續重複，與韻腳的重複韻律交互作用，產生彼此強化的音效。王國維曾提及：「余謂苟於詞之蕩漾處多用疊韻，促節處用雙聲，則其鏗鏘可誦，必有過於前人者。」〔註 28〕此雖為詞論，然構成音韻美感的原理相同，故用於詩上亦不齟齬。王氏將「蕩漾處」與「促節處」對舉，大概是指節奏上徐緩與緊促的對比，王氏以為節奏徐緩處宜置疊韻，如此則聲調鏗鏘有力。若將這種說法應用於近體詩上，近體多押平聲，平聲綿長舒緩，近體用韻處殆為王氏所謂的「蕩漾處」，即王氏的說法證得了李賀疊字、疊韻所安排的位置產生了最大的韻律效果。此外，韻腳上的疊韻也讓規律的押韻頻率出現活潑的變化，韻的音響在預期的十字一韻的規律中提前出現，使整齊的近體句式產生長短

〔註28〕王國維：《人間詞話》（臺北：臺灣開明書店，1989 年），頁 32。

句的節奏。

　　李賀近體的疊字雖然不多，然而有許多共通點：第一，音節位置多出現在詩句的末兩音節，且多爲押韻句；第二，聲母多爲舌尖音，介音多爲細音，韻尾收音多爲高元音，整體的疊字音效呈現較細小的聲響，如〈畫角東城〉「河轉曙蕭蕭〔sieu sieu〕」；第三，多爲摹景狀情的疊音詞，沒有擬聲詞，如〈追賦畫江潭苑四首〉之一「吳苑曉蒼蒼」，「蒼蒼」摹寫破曉的天色；第四，多爲描述悲傷寂寥的情境，如〈馬詩二十三首〉之九「颼叔死匆匆」，感慨識馬的颼叔太早過世，如今無有人能豢養千里馬了。李賀近體中使用疊字的情形雖然不多，然而呈現高度的相似性，可以說近體中的疊字，有其不同於古體、樂府的特色。

　　李賀近體的疊韻 22 例共用了 22 個韻目，除了陽韻、質韻有兩例疊韻，其他韻部都只有一例，李賀疊韻的詩例雖少，然而使用的韻類的重複性相當低，形成多元的疊韻音效。在聲調上，平聲疊韻遠勝於其他三聲，平聲賒緩，疊韻的音效更能綿長蕩漾。語法結構上，疊韻多爲單純詞，與雙聲相鄰兩字最多，單純詞相對較少的情形正好相反。

三、重複音響的多元對應

　　李賀重複音響的詩例不多，然而對應形式卻極爲多元。疊字方面有兩句疊字對偶的，如〈奉和二兄罷使遣馬歸延州〉：「還吳已渺渺，入郢莫淒淒。」有隔字同音節對偶的，如〈馬詩二十三首〉之四：「此馬非凡馬，房星是本星。」有兩個詞頂眞相續的，如〈莫種樹〉：「園中莫種樹，種樹四時愁。」有兩字同音節相應的，如〈馬詩二十三首〉之七：「東王飯已乾，君王若燕去。」有兩字首尾相應的，如〈南園十三首〉之二：「宮北田塍曉氣酣，黃桑飲露窣宮簾。」

　　雙聲、疊韻方面，有雙聲同音節相對的，如：〈惱公〉「跳〔dʰ-〕脫〔dʰ-〕看年命，琵〔bʰ-〕琶〔bʰ-〕道吉凶。」有疊韻同音節相

對的，如〈惱公〉：「莫鎖茱〔-juo〕萸〔-juo〕匣，休開翡〔-juəi〕翠〔-juei〕籠。」有雙聲、疊韻同音節互對的，如〈惱公〉：「玳〔-Ai〕瑁〔-Ai〕釘簾薄，琉〔l-〕璃〔l-〕疊扇烘。」有雙聲、疊韻接續音節相對的，如〈送秦光祿北征〉：「趁〔-Am〕趲〔-Am〕西旅狗，蹩頗北〔p-〕方〔p-〕奚。」「趁趲」在第一、二音節，「北方」在第三、四音節。李賀近體兩句重複音響的結構韻律的詩例不多，卻有如此多樣的對應形式，說明了李賀安排重複音響的技巧是相當純熟多變的。

　　李賀重複音效詩例不多，其用意在於韻律的點綴，這樣點綴的使用，正可讓聲音重複的音響達到美的效果，若如六朝詩人句句雙聲、字字疊韻，反而淪為呆板單調的聲音遊戲。雖說重複音效是點綴的功用，然李賀表現手法多變，對應形式多元，使其產生多層次的音響效果，可以看出李賀對韻律的安排用功甚深。

第六章　結　論

高名凱在《語言學概論》說：

> 任何文學作品都是用語言寫成的，「文學的第一要素是語言」（高爾基）。只有深入地認識語言，才能熟練地運用語言，才能寫出感人至深的文學作品。任何傑出的作家都是運用語言的巨匠。我們也只有透徹地了解作品的語言，才能透徹地了解作品的內容。〔註1〕

語言是文學作品情感、思想的載具，語音是語言的物質外殼，是語義的表現形式。詩的語音特質不同於其他文學形式，詩的韻律顯已離開了自然的習慣的語言而接近於音樂了〔註2〕，音樂本身即是情感的直接表述，若忽略了詩的韻律，那麼對詩作的解讀必然無法完整。

歷來探討詩歌韻律者，多在聲調與押韻上打轉，忽略整體韻律的配置，故本論文借現代語言學的分析方法，將李賀近體詩的語言做最小音素的分解，從這些音素的相諧或對比的韻律表現，來檢視李賀如何編織出詩的音樂性。

李賀近體詩共有 70 首，五言 50 首，七言 20 首，以下就聲母、韻母、聲調及聲音重複的韻律表現來說明李賀近體詩的韻律風格，並

〔註1〕高名凱、石安石主編：《語言學概論》（北京：中華書局，1963 年），頁2。
〔註2〕王夢鷗：《文學概論》（臺北：藝文印書館，2001 年），頁75。

擇取五言、七言詩例各一,立體地展現一首詩中聲、韻、調交互作用的整體韻律,最後提出本論文的研究展望。

第一節　李賀近體詩的韻律表現

本論文依頭韻、韻母、聲調、聲音重複四個部分,剖析李賀近體韻律,以下分別就這四個部分,呈現李賀近體的韻律表現。

一、頭韻的韻律表現

（一）連環相諧為頭韻的主要表現形式

頭韻的類型依探討單位來區分,有單一詩句聲母相諧、兩句同音節聲母相諧及連環相諧三種。一首詩或數句中,頭韻的表現出現交疊的現象,形成一整體性的韻律網絡,無法分割者,筆者名之為連環相諧。如五律〈追賦畫江潭苑四首〉第三首第三到八句的頭韻表現:

61-3	鞦〔tsʰ-〕	垂	粧	鈿	粟
61-4	箭〔ts-〕	篷〔bʰ-〕	釘〔t-〕	文	牙
61-5	蠶	蠶〔bʰ-〕	啼〔dʰ-〕	深〔ç-〕	竹
61-6	鵁〔k-〕	鶄	老〔l-〕	濕〔ç-〕	沙
61-7	宮〔k-〕	官	燒	蠟	火〔x-〕
61-8	飛	爐	汗	鉛	華〔ɣ-〕

此詩的第三、四句在第一音節形成頭韻,第四、五句在第二、三音節形成頭韻,如此接續如接力一般,構成連綿的頭韻音效。

李賀頭韻的表現以連環相諧的形式最為突出,70 首詩有 46 首出現連環相諧,佔整體的 65.7%,46 首中又有 12 首通首連環相諧,

如〈馬詩〉組詩 23 首中有 7 首，〈南園〉組詩 13 首中有 4 首，及〈昌谷北園新笋四首〉第三首，皆是通首連環相諧。其他如〈竹〉8 句中有 7 句連環相諧，〈追賦畫江潭苑四首〉之三 8 句中有 6 句連環相諧，排律〈惱公〉百句中有 9 處連環相諧，〈送秦光祿北征〉44 句中有 4 處連環相諧。相諧句數以三句連環最多，四句其次，兩者加總佔了整體的 82.7%，是主要的連環相諧的形式。相諧的組數，三句連環以 2 組聲母相諧最多，佔三句連環的 73.3%，四句連環以 3 組、4 組相諧兩類爲主，各佔四句連環的 47.8%、43.4%。

　　連環相諧所呈現的音韻表現是整體性的，是連繫句與句、聯與聯的網狀韻律，使得詩歌的音韻結構更爲緊密，更具節奏感，更具音樂性。李賀精於音律，其樂府入樂可歌，其近體在聲母的相諧韻律中，也呈現緊密呼應的音樂性。

（二）頭韻以舌根音相諧爲主要的旋律

　　李賀近體的頭以舌根音（包含「見」、「溪」、「群」、「疑」、「曉」、「匣」、「云」）相諧情形最多（佔 51.5%），且數量上高於其他聲類甚多。李賀近體詩的整體統計，舌根音在整體聲母中佔 28.7%，在頭韻現象中佔了整體的一半以上，可見舌根音在單句或聯對，甚至是整首詩之中，彼此呈現較緊密的音韻呼應，可以說是李賀較爲刻意的頭韻安排。

　　然而就前賢對唐宋詩人、詞人的研究來看，各家的頭韻表現皆以舌根音相諧最多，舌根音所佔的頭韻比例如下：《岑參七言邊塞古詩之音韻風格研究》（28.4%）、《王建宮詞及其語言風格研究——以音韻和詞彙爲範圍》（50.56%）、《韓愈古體詩的音韻風格》（31%）、《韋應物五言絕句之語言風格學研究——以音韻和詞彙爲研究範疇》（47%）、《劉禹錫七言絕句詩之語言風格研究——以音韻和詞彙爲研究範疇》（37%）、《黃庭堅七言律詩音韻風格研究》（37%）、《柳永《樂章集》長調之音韻風格——以創調、僻調爲對象》（33.33%）。由上可知，多以舌根音來形成頭韻並非李賀的個人風格，唐宋各家皆以舌根

音的頭韻最多。這樣的表現是有其客觀因素的,《廣韻》中舌根音的字數最多,佔 29.3% 〔註3〕,舌根音字多,當然容易形成韻律的呼應,然就上列各家的舌根音頭韻的比例來看,舌根音頭韻多佔整體頭韻的三分之一左右,佔整體的一半左右的僅有兩家,李賀舌根音頭韻佔了 51.5%,不但佔了整體的一半以上,且是各家中比例最高的,可見李賀對舌根音的頭韻是非常刻意的安排。因此,我們可以說儘管舌根音在整體聲母中原本就佔最大的比例,但在李賀刻意的編排下,使舌根音有更突出的頭韻表現。

二、韻母的韻律表現

(一)用韻情形與前人研究有所出入

清人方扶南指出李賀「近體皆古韻」〔註4〕,李賀近體用韻確實多有不合《廣韻》之處,如《廣韻》「東」獨用,「冬」、「鍾」同用,「江」獨用,李賀則「東、冬、鍾、江」通押,對照王力《漢語語音史》的晚唐——五代時期及周祖謨〈唐五代的北方語音〉的韻部合用情形,可知李賀韻部通押的表現並非使用古韻,而是語音演變或方音所致。

其次,楊文雄論李賀「命運坎軻,志氣不舒,選韻務求沉啞。」〔註5〕楊氏以聲情來論李賀古體用韻,若以此說法檢視李賀近體的用韻情形,便可發現有很大的出入。李賀 70 首近體詩,押陽聲韻的有 40 首,陰聲韻的有 30 首,陽聲韻的鼻音韻尾可形成聲音的共鳴,綿延放大主元音的響度。李賀使用最多的韻類為「東、冬、鍾、江」與「歌、戈、麻、佳」這兩類,東類韻為後元音加舌根鼻音韻尾,

---

〔註3〕 《廣韻》聲類統計數字依據沈建民:〈《廣韻》各聲類字的一個統計分析〉,《徐州師範大學學報》(哲學社會科學版)第 26 卷第 2 期(2000年 6 月),頁 48。

〔註4〕 郭紹虞編選:《清詩話續編》(上海:上海古籍出版社,1983 年),頁777。

〔註5〕 楊文雄:《李賀詩研究》(臺北:文史哲出版社,1980 年初版,1983年再版),頁 207。

歌類韻爲低元音，兩類韻聲響也是響亮的。又李賀韻腳使用最多的是東韻，有 50 字，佔 312 個韻腳的 16%，其次爲麻韻 30 字，其次鍾韻 28 字，其次爲陽韻 18 字，這些韻字皆爲響亮的音響。不同於楊文雄論古體的「沉啞」，李賀近體的用韻在聲音的表現上是宏亮的。又用韻響亮與詩歌情感並無絕對的關聯性，如〈馬詩二十三首〉這組詩的情感相當統一，爲李賀才不得用的慨嘆，這組詩中有押開口度最大的歌韻，也有押開口度最小的支韻，同一種情感可用不同的韻類來表現，也證明了李賀用韻的韻類與情感的沒有必然的關連。

在押韻的體例上，王力《漢語詩律學》指出近體五言首句多不入韻，七言則多入韻。〔註6〕，李賀近體詩首句入韻的比例爲 62.8%，七言詩首句入韻佔七言整體的 85%，五言首句用韻的佔了五言整體的 55.8%，尤其五律首句入韻的，佔了五律的 64.7%。李賀近體詩不管是五言、七言都以首句入韻的比例爲高，與王力的說法相左。五言原本是十個字押一次韻，如首句入韻，則十字一韻的節奏就被截爲五個字的兩個段落，即五絕押韻的節奏點變爲五、五、十，五律變爲五、五、十、十、十。李賀在五言詩的開頭安排連兩句的押韻，一方面使押韻的節奏更爲緊湊，一方面也使十字一韻的節奏產生變化，節奏變得更爲活潑。

（二）句中韻韻類以支類、元類最多

李賀近體詩的句中韻共有 198 句，佔整體詩句 536 句的 36.9%。句中韻的相諧韻類以支類韻（包含支、脂、之、微四韻及其上、去聲）相諧的次數最多，有 42 次；其次元類韻（包含元、寒、桓、刪、山、先、仙及其上、去、入聲）38 次，歌類（歌、戈、麻及其上、去聲）23 次，魚類（魚、虞、模及其上、去聲）22 次。支類、元類、魚類、歌類，以舌位高低來看，元類爲低元音後加舌尖鼻音，歌類爲低元音，魚類爲圓唇後中高元音，支類爲展唇前高元音。這幾個

〔註6〕王力：《漢語詩律學》（香港：中華書局，1976 年初版，1999 年再版），頁 38〜39。

韻類正好分布在舌位高低前後的極點，如此相諧的音響效果更爲顯著。

聲調上，相諧的兩字多不同聲調，形成韻母音值相諧而調值不同的調和音效，但在五言近體第一、五音節隔字相諧與第四、五音節連續相諧兩類，同聲調相諧的比例超過一半，如〈馬詩二十三首〉之八「羈（支）策任蠻兒（支）」相諧兩字同爲平聲，〈惱公〉「弄珠驚漢（翰）燕（霰）」相諧兩字同爲去聲。蓋因第一、五音節相隔最遠，安置同聲調相諧，可以達到加強呼應的效果，不因相諧的間隔過大而失去韻律。在第四、五音節上，則在句尾形成如疊韻的韻律。

（三）五、七言句中韻的形式不同

五言句中韻以一句中有一組韻類相諧爲主（95.3%），一句中有兩組韻類相諧的只有七句（4.7%）。七言句中韻也以一句中一組韻類相諧爲主（72.1%），然而一句中有兩組以上的韻類相諧的比例比五言高很多，佔了相諧句數的將近四分之一（23.9%）。五言的音節數只有五個，若兩組韻類相諧就佔去了四個音節，容易形成統一性過高的呆板節奏，若在七言中安排兩組韻類相諧，則尚有三個音節可作變化調節，李賀如此的韻律安排是考量了聲音的統一與變化的調和。

句中韻相諧的形式，五言詩分爲隔字相諧與連續相諧兩類。隔字相諧的以隔一字相諧的表現爲主，兩音節隔字相諧，以第二、四音節相諧最多，第二、四音節正好在五言「二二一」句式的停頓點上，如〈昌谷讀書示巴童〉「蟲響（養）燈光（唐）薄」，「響」、「光」韻母相諧可使「二二一」的節奏更爲明顯。兩音節連續相諧的，以第二、三音節相諧最多，如〈惱公〉「花合（合）醫（葉）朱融」，第二、三音節正好是五言句式上二與下三兩個音組的銜接處，兩個音節相諧，形成了連結兩個音組的效果。

七言分爲一組韻類隔字相諧、一組韻類連續相諧、兩組以上韻

類相諧三類。一組韻類隔字相諧，相較於五言詩以隔一個音節相諧為主，七言詩相諧的間隔是以隔兩個音節以上為主，如〈南園十三首〉之十「老（晧）去溪頭作釣（嘯）翁」，「老」與「釣」中間隔了四個音節相諧。這樣的作法，使七言上四下三的兩個音組，可以藉句中韻的相應形成更緊密的韻律關係。七言連續相諧的音節以第一、二及第三、四音節相諧最多，集中在七言「上四下三」的上四音組中。兩組以上韻類相諧以包含型（一組隔字相諧韻類的間隔音節中出現另一組相諧韻類）為多，且兩組韻類多呈現對比性的音響效果，如〈出城寄權璩楊敬之〉「自（至）言（元）漢（翰）劍當飛（微）去」「支」類韻在前後音節相諧，「元」類韻在兩個「支」類韻的間隔中相諧，「元」類韻主元音為低元音，「支」類韻為高元音，兩韻類呈現對比的音效。李賀在相諧的統一韻律中製造對比的變化音效，形成韻律的調和美感。

（四）韻尾相諧以陽聲韻為主，且安排入聲韻調音

不論是單句或是整首詩，韻尾以陽聲韻相諧的數量遠遠勝過陰聲韻與入聲韻，原因在於陰聲韻韻尾類別太多，入聲韻則是整體字數太少，皆不易形成相諧。陽聲韻以〔-ŋ〕、〔-n〕兩種韻尾出現的次數最多，並且在單句或是整首詩中都有相諧韻尾全部同是〔-ŋ〕或〔-n〕的情形，如〈追賦畫江潭苑四首〉之四「不待景〔-ŋ〕陽〔-ŋ〕鐘〔-ŋ〕」，不過整體相諧的表現上仍以〔-ŋ〕、〔-n〕相配形成相諧的例子最多。交錯的韻律也是以陽聲韻為基底，每一種交錯的句式都有陽聲韻，沒有單純入聲韻與陰聲韻，或陰聲韻與陰聲韻交錯的例子。如〈始為奉禮憶昌谷山居〉「當簾閱角巾」〔-ŋ -m / -t -k / -n〕，為陽聲韻與入聲韻的交錯韻律。

入聲韻雖然字少，然而常用來與陽聲韻配合，形成對比的音效。在單句五言四字、七言六字陽聲韻相諧的 38 個句例中，有 17 句唯一不相諧的音節以入聲韻來配對，如〈南園十三首〉之五「請〔-ŋ〕君〔-n〕暫〔-m〕上〔-ŋ〕凌〔-ŋ〕煙〔-n〕閣」，唯一不相諧的「閣」

字爲入聲韻尾，以舌根塞音的短促收尾，與前面一連串相諧的鼻音韻尾形成強烈的對比，藉此達成統一與變化的調和。又首、末字交錯韻律 24 例中，以陽、入聲韻交錯的形式的 9 例最多，如〈始爲奉禮憶昌谷山居〉：「犬書曾去洛〔-k〕，鶴病悔遊秦〔-n〕。土甌封茶葉〔-p〕，山杯鏁竹根〔-n〕。不知船上月〔-t〕，誰棹滿溪雲〔-n〕。」形成每句末字綿長與短促的對比音效。單句交錯形式連續的兩個入聲韻常置於句子的中間音節，如〈馬詩二十三首〉之十三「長聞俠骨香」〔-ŋ　-n / -p　-t / -ŋ〕，形成「長－短－長」的韻律節奏，可見李賀善用入聲韻來達到聲音相諧與對比的調和。

（五）韻尾多在重要音節上形成韻律

　　句與句之間的韻尾相諧，五言詩的相諧點在第二音節及第五音節的情形最多，如〈馬詩二十三首〉之十六：「唐劍斬隋公〔-ŋ〕，拳毛屬太宗〔-ŋ〕。莫嫌金甲重〔-ŋ〕，且去捉飄風〔-ŋ〕。」第五音節皆以舌根鼻音〔-ŋ〕相諧。七言詩則在第四音節最多，如〈酬荅二首之一〉：「金魚公子夾衫長，密裝腰鞓〔-ŋ〕割玉方。行處春風〔-ŋ〕隨馬尾，柳花偏打〔-ŋ〕內家香。」第二到四句皆在第四音節上以〔-ŋ〕相諧。這些音節點都是詩句句中及句末的停頓處，五言節奏爲二三，停頓點在第二及第五音節，七言節奏爲四三，停頓點在第四及第七音節。句與句在停頓點相諧，則相諧的效果得以增強，停頓的節奏也更爲明顯。

　　開頭與結尾音節的韻尾表現，首字相諧的有 16 例，末字相諧的有 18 例，看似相近，其實首字多三句相諧，末字以四句相諧爲起點，且有長達六句、八句相諧的詩例，如〈竹〉：「入水文光動〔-ŋ〕，抽空綠影春〔-n〕。露華生筍〔-n〕徑〔-ŋ〕，苔色拂霜根〔-n〕。織可承香汗〔-n〕，裁堪釣錦鱗〔-n〕。三梁曾入用〔-ŋ〕，一節奉王孫〔-n〕。」全首末字以鼻音韻尾相諧。又交錯韻律中，首字有 7 例，末字 17 例，且末字 17 例中有 4 例交錯韻律長達六句的例子，如〈潞州張大宅病酒遇江使寄上十四兄〉：「木窗銀跡畫〔-i〕，石磴水痕錢〔-n〕。旅酒

侵愁肺〔-i〕，離歌繞孺絃〔-n〕。詩封兩條淚〔-i〕，露折一枝蘭〔-n〕。」六句以〔-i〕、〔-n〕交錯成律。由此可見，末字的韻律表現遠勝於首字，韻尾是一個音節結尾的音素，若韻尾相諧位置在每句末字，則相諧的音效最爲明顯，李賀多在末字安排韻尾的相諧或交錯，可見其對韻律配置的敏銳與細緻。

三、聲調的韻律表現

（一）單一詩句四聲齊備七言詩較五言詩突出

　　五言與七言皆以一句三種聲調遞用的表現最突出，尤其是五言，佔了五言詩整體的七成以上。七言詩一句三種聲調遞用佔七言整體的 57.5%，其次爲一句四聲齊備，佔 33.7%。大體來說，五言以一句三種聲調遞用爲聲調配置的主調，七言則以一句三種及一句四種聲調遞用爲主體。三聲遞用的聲調內容，五言以平、上、去三聲遞用的組合最多，如〈示弟〉「人間底事無」（平平上去平）；七言詩以平、上、去及平、上、入遞用的情形最多，如〈南園十三首〉之八「窗含遠色通書幌」（平平上入平平上）。

　　五言一句四聲齊備的有 49 例，佔五言詩整體的 10.7%；七言詩一句四聲齊備的有 27 例，佔七言詩整體的 33.7%。或許在客觀因素上，七言詩每一句皆有四聲齊備的可能性，若單獨摘取李賀五言近體一句中有三個仄聲字的句子，共有 195 句，四聲齊備的 49 句佔 195 句的 25.1%，在比例上五言依然不如七言詩。所以我們可以說李賀七言一句四聲齊備的表現確實勝於五言。

　　李賀的五言詩多以一句三聲遞用，如此形成的韻律緩急有節，較爲和諧，原因是五言一句只有五個音節，若其中四個音節聲調皆異，則聲音的高低、長短變化的頻率過高，節奏過於急促，故五言以一句三聲遞用爲主體，四聲齊備作爲點綴的音效。

（二）連續出句句腳同聲調多與詩歌段落相合

　　清人討論唐人八句律詩的四個出句（奇數句）句腳（末字）的

聲調安排，以四聲皆備爲美，李賀 17 首八句五律的出句聲調組合，以「兩個出句句腳聲調相同」這一類最多，有 7 首，且多安排於四聯中的後兩聯；五言排律 7 首 19 個出句句腳相同的詩例中，也以「兩個出句句腳聲調相同」的 12 例最多。八句五律的 7 例同聲調的句腳以同去聲的最多，有 4 例，如〈同沈駙馬賦得御溝水〉：

> 入苑白泱泱（平），宮人正靨黃。
> 繞堤龍骨冷（上），拂岸鴨頭香。
> 別館驚殘夢（去），停杯泛小觴。
> 幸因流浪處（去），暫得見何郎。

五言排律的 12 例以同入聲及同去聲的句腳最多，各有 5 例，如〈惱公〉第 65～68 句：

> 短佩愁塡粟（入），長絃怨削菘。
> 曲池眠乳鴨（入），小閣睡娃僮。

整體來說，兩個出句句腳同去聲的詩例最多，其次爲同入聲。這樣的韻律安排，在八句的律詩中，前兩聯出句句腳聲調相異產生變化音效，後兩聯相同聲調重複產生統一音效，兩者相合，形成同中有異的和諧韻律。在排律中，出句高頻率的變化節奏中出現較爲舒緩的重複節奏，也形成了緩急調和的和諧韻律。

除了兩個出句句腳同聲調的情形，李賀五言排律中，尚有 7 例三個以上出句句腳同聲調的韻律安排，這些連續同聲調的句腳與詩歌的意義段落多可相合，如〈惱公〉第 7～20 句：

第 7～10 句

> 曉奩粧秀靨（入），夜帳減香筒。
> 鈿鏡飛孤鵲（入），江圖畫水葓。

第 11～20 句

> 陂陀梳碧鳳（去），嬝嬶帶金蟲。
> 杜若含清露（去），河蒲聚紫茸。
> 月分蛾黛破（去），花合靨朱融。

　　髮重疑盤霧（去），腰輕乍倚風。

　　密書題荳蔻（去），隱語笑芙蓉。

第 7 到 10 句是連續兩個入聲的出句句腳，描述〈惱公〉詩中女子早
起準備裝扮，閨房中的擺置，有香筒、鈿鏡、屏風。從第 11 句起，
出句句腳轉為去聲，詩意也轉為女子裝扮的細部描述：梳頭、戴髮
飾、畫眉、抹胭脂等等。詩意段落與出句句腳的聲調轉換是相扣合
的，可見李賀出句句腳連續同聲調是刻意的韻律安排，使聲音與詩
意形成緊密的呼應。

（三）單一詩句中入聲多位於中間音節

　　李賀五言詩共有 456 句，出現入聲字的有 276 句，佔了 60%；
七言出現入聲字的共有 53 句，佔總體詩句的 66.25%，比例不低。五
言詩一句中出現一個入聲的共有 218 句，佔出現入聲字的 276 句的
78.8%，其中入聲出現最多的音節為第四音節，其次為第三音節，呈
現「長長長短長」及「長長短長長」的韻律，如〈南園十三首〉之十
三「柳花驚雪（入）浦」。七言詩一句出現一個入聲字的有 34 例，佔
出現入聲字的 53 句的 64%，入聲出現最多的音節為第五音節，其次
為第三音節，呈現「長長長長短長長」及「長長短長長長長」，如〈南
園十三首之八〉「黃蜂小尾撲（入）花歸」。入聲出現在一句的中間音
節，可形成的「長－短－長」的交錯迴環韻律，若出現在首字或末字，
則節奏為「長－短」或「短－長」的表現，韻律效果較為單調，以此
可知李賀在單一詩句入聲的配置上，是有意製造「長－短－長」的交
錯迴環韻律的。

（四）入聲的結構韻律表現突出

　　在一首詩中，入聲在首字或末字音節上隔句出現，會形成的長短
交錯結構韻律。李賀首字交錯韻律的有 6 例，共 28 句。6 例皆為五
言詩，除了 1 例是絕句外，其餘皆為律詩或排律，句數上多為四句交
錯。末字長短音交錯的有 10 例，共 42 句，皆為五言詩例。絕句有兩

首，爲〈馬詩二十三首〉之十五及〈昌谷讀書示巴童〉，其他四首皆爲五言律詩或排律，其中排律〈惱公〉便有 5 例（20 句），長短交錯的韻律佔了全詩百句的五分之一。交錯的句數以四句的形式最多，交錯的韻律皆爲「短－長－短－長」的節奏，因爲與入聲交錯的皆爲平聲韻腳，且交錯位置皆在每句的句末，故長短音的對比性特別顯著。

另外，李賀在入聲的韻律上有一種特殊的結構安排，這種安排是入聲在三句詩句中，出現的音節位置呈現層遞的現象，使入聲前後的長音個數也呈現遞增或遞減的聲音表現，筆者稱之爲層遞韻律。如〈過華清宮〉：

7-1	春	月（入）	夜	啼	鴉
7-2	宮	簾	隔（入）	御	花
7-3	雲	生	朱	絡（入）	暗
7-4	石	斷	紫	錢	斜

入聲在前三句的音節位置爲第二音節、第三音節、第四音節，形成第一句入聲前有一個長音、第二句有兩個長音、第三句有三個長音的遞增音效，入聲後的長音則呈現遞減音效。李賀這種入聲的結構共有 11 例，五言絕句有 4 例，五言律詩或排律有 6 例。其中五言絕句 4 例皆在〈馬詩〉二十三首組詩之中，四首結構也非常接近。可知這樣的入聲結構是李賀特意的安排，11 例雖不多，卻是李賀入聲結構韻律中的一種非常特殊的形式。

四、聲音重複的韻律表現

（一）雙聲韻律表現突出

李賀近體在單一詩句聲音重複的韻律表現上，出現疊字重複有 14 句，雙聲的有 66 句，疊韻的有 20 句，雙聲的數量遠勝於疊字與疊韻。雙聲 66 句中，五言詩雙聲佔了 49 句，七言詩佔了 17 句；五

言雙聲出現的音節位置較平均，七言則多出現於中間及末尾音節處。在聲音表現上，見母、來母雙聲最多，各有 9 例，其次匣（云）母雙聲 6 例。在發音部位上，以舌根音及舌尖音最多，兩者將近佔了 50 例；在發音方法上，以塞音最多，有 26 例，其次擦音 17 例。發音部位上舌根音與舌尖音有較強勢的比例，這兩類聲母氣流受到阻塞的位置一個在舌尖，一個在舌根，可知李賀慣用這兩個部位來形成雙聲音效。

　　在語法結構上，李賀雙聲韻律約有六成的詩例有語法關係，兩音節或爲單純詞，或爲合成詞，或爲短語關係，另外四成則是相鄰的兩字，語法結構薄弱。有語法關係的詩例以合成詞的數量最多，且是單純詞的一倍以上，李賀用以形成聲母重複音效的並非既成的單純詞（如蟾蜍、牢落等單純詞），而是可以自行創造的合成詞，也就是李賀不僅「使用」雙聲，更是「創造」雙聲。此外，相鄰兩字的雙聲，其重複韻律不只作用在聲母相同的兩個音節上而已，更延展到其他音組，如〈酬答二首〉之一「行處〔tɕʰ-〕春〔tɕʰ-〕風隨馬尾」，〔tɕʰ-〕的重複使「行處」與「春風」兩個音組產生頂眞連綴的音效。於是我們又可以說，李賀除了「創造」雙聲，更利用雙聲的重複音效，延展出頂眞連綴的韻律。

（二）疊字、疊韻多位於韻腳處

　　疊字、疊韻的共同特色爲多出現在韻腳上，疊字 14 句中，有 11 句疊字出現在韻腳上，如〈畫角東城〉「河轉曙蕭蕭，鴉飛睥睨高。」五言詩疊韻出現在第四、五音節的最多，有 7 例，7 例中有 6 例爲押韻句，如〈馬詩二十三首〉之六「飢臥骨查牙，麤毛刺破花。」疊字與疊韻的共通點在於韻母相同，藉著韻母的連續重複，與韻腳的重複韻律交互作用，產生彼此強化的音效。王國維曾提及：「余謂苟於詞之蕩漾處多用疊韻，促節處用雙聲，則其鏗鏘可誦，必有過於前人者。」〔註 7〕此雖爲詞論，然構成音韻美感的原理相同，故

〔註 7〕王國維：《人間詞話》（臺北：臺灣開明書店，1989 年），頁 32。

用於詩上亦不齟齬。王氏將「蕩漾處」與「促節處」對舉，大概是指節奏上徐緩與緊促的對比，王氏以爲節奏徐緩處宜置疊韻，如此則聲調鏗鏘有力。若將這種說法應用於近體詩上，近體多押平聲，平聲綿長舒緩，近體用韻處殆爲王氏所謂的「蕩漾處」，即王氏的說法證明了李賀疊字、疊韻所安排的位置產生了最大的韻律效果。此外，韻腳上的疊韻也讓規律的押韻頻率出現活潑的變化，韻的音響在預期的十字一韻的規律中提前出現，使整齊的近體句式產生長短句的節奏。

（三）同字重複的韻律異於前人說法

楊文雄《李賀詩研究》認爲李賀好用疊字、重複句〔註8〕；張靜宜《李賀詩之語言風格研究——從詞彙與句型結構分析》指出李賀善於運用字或詞的重出，形成「疊字」、「類字」、「疊句」、「頂眞」的修辭現象〔註9〕；朴庸鎭《從現代語義學看李賀詩歌之語義研究》提出李賀多用擬聲疊字〔註10〕。然而李賀近體詩的疊字只有 10 例，若以張靜宜統計的 125 個的重疊詞來做對照，近體詩的 10 個僅佔了整體的 8%，對比近體詩佔整體詩歌數量的 29%，李賀近體的疊字表現明顯少很多；又近體詩類字的表現有 8 例（單句隔字重複 4 例，兩句同字重複 4 例），也僅佔了張靜宜統計的 90 例中的 8.8%，比例也是很低。由此可見，同字重複並非李賀近體詩的韻律特色，乃是李賀樂府、古體的特色。此外，李賀近體詩疊字都沒有擬聲詞，疊字擬聲詞也是樂府、古體的特色。

李賀近體的疊字雖然不多，然而有許多共通點：第一，音節位置多出現在詩句的末兩音節，且多爲押韻句；第二，聲母多爲舌尖

〔註8〕詳見楊文雄：《李賀詩研究》（臺北：文史哲出版社，1980 年初版，1983 年再版），頁 214～220。

〔註9〕張靜宜：《李賀詩之語言風格研究——從詞彙與句型結構分析》（淡江大學中國文學系，1996 年），頁 162～164。

〔註10〕朴庸鎭：《從現代語義學看李賀詩歌之語義研究》（東海大學中國文學系，1996 年），頁 100。

音，介音多爲細音，韻尾收音多爲高元音，整體的疊字音效呈現較細小的聲響，如〈畫角東城〉「河轉曙蕭蕭〔sieu sieu〕」；第三，多爲摹景狀情的疊音詞，沒有擬聲詞，如〈追賦畫江潭苑四首〉之一「吳苑曉蒼蒼」，「蒼蒼」摹寫破曉的天色；第四，多爲描述悲傷寂寥的情境，如〈馬詩二十三首〉之九「颼叔死匆匆」，感慨識馬的颼叔太早過世，如今無有人能豢養千里馬了。李賀近體中使用疊字的情形雖然不多，然而呈現高度的相似性，可以說近體中的疊字，有其不同於古體、樂府的特色。

（四）重複音響的對應形式多元

　　李賀重複音響的詩例不多，然而對應形式卻極爲多元。疊字方面有兩句疊字對偶的，如〈奉和二兄罷使遣馬歸延州〉：「還吳已<u>渺渺</u>，入郢莫<u>凄凄</u>。」有隔字同音節對偶的，如〈馬詩二十三首〉之四：「此<u>馬</u>非凡<u>馬</u>，房<u>星</u>是本<u>星</u>。」有兩個詞頂眞相續的，如〈莫種樹〉：「園中莫<u>種樹</u>，<u>種樹</u>四時愁。」有兩字同音節相應的，如〈馬詩二十三首〉之七：「東<u>王</u>飯已乾，君<u>王</u>若燕去。」有兩字首尾相應的，如〈南園十三首〉之二：「<u>宮</u>北田塍曉氣酣，黃桑飲露窣<u>宮</u>簾。」

　　雙聲、疊韻方面，有雙聲同音節相對的，如：〈惱公〉「<u>跳</u>〔dʰ-〕<u>脫</u>〔dʰ-〕看年命，<u>琵</u>〔bʰ-〕<u>琶</u>〔bʰ-〕道吉凶。」有疊韻同音節相對的，如〈惱公〉：「莫鎖<u>茱</u>〔-juo〕<u>萸</u>〔-juo〕匣，休開<u>翡</u>〔-iuəi〕<u>翠</u>〔-juei〕籠。」有雙聲、疊韻同音節互對的，如〈惱公〉：「<u>玳</u>〔-Ai〕<u>瑁</u>〔-Ai〕釘簾薄，<u>琉</u>〔l-〕<u>璃</u>〔l-〕疊扇烘。」有雙聲、疊韻接續音節相對的，如〈送秦光祿北征〉：「<u>趁</u>〔-Am〕<u>趨</u>〔-Am〕西旅狗，蠻頗<u>北</u>〔p-〕<u>方</u>〔p-〕奚。」「趁趨」在第一、二音節，「北方」在第三、四音節。李賀近體兩句重複音響的結構韻律的詩例不多，卻有如此多樣的對應形式，說明了李賀安排重複音響的技巧是相當純熟多變的。

　　以上爲析解李賀各個音素所觀察到的韻律現象，李賀的編織韻

律的手法多元，產生的韻律效果達到了變化與統一的和諧，在結構上呈現網狀的呼應，又能扣合詩文情境，李賀對韻律安排的用心實在不下於對字句的雕琢。更進一步的，下文將結合聲、韻、調的韻律，看李賀如何有機的在一首詩中配置這些韻律，這些韻律又交響出怎麼樣的樂音。

第二節　李賀近體詩的朗誦效果

　　本論文按聲、韻、調分論李賀近體的韻律風格，這樣的論述架構固然可以清楚的歸整出李賀在聲、韻、調上不同層面的韻律手法，對於韻律間的對應關係的討論卻相對的薄弱了。詩是音樂性極強的文體，一首詩即是聲、韻、調三者的交響，尤其近體詩特別注重音韻的整體呈現，不管是偶句及黏對的安排，皆是追求渾然一體的聲律設計，故分論李賀各音素的韻律表現後，當再合而觀之，檢視這些韻律如何在一首詩中有機的交互作用，形成動聽婉轉的旋律。

　　李賀近體詩有五言、七言兩種句式，以下各挑選一首，檢視其朗讀時的韻律網絡。因李賀的七言只有絕句一種形式，五言有絕句、律詩與排律三種形式，七言既以絕句為討論對象，五言便取律詩或排律，又律詩篇幅較排律為適，故以下擇取五律（〈過華清宮〉）、七絕（〈南園十三首〉之二）各一，標上擬音以具體討論其朗誦的韻律效果。

〈過華清宮〉

7-1	春	月	夜	啼	鴉
	tɕʰjuɐn	njuɐt	ja	dʰiɛi	ʔa
7-2	宮	簾	隔	御	花
	kjuŋ	ljæm	kæk	njo	xua
7-3	雲	生	朱	絡	暗
	ɣjuɐn	ʃeŋ	tɕjuo	lɑk	ʔAm

7-4	石	斷	紫	錢	斜
	zjɛk	tuan	tsje	dzʰjæn	zja
7-5	玉	碗	盛	殘	露
	ŋjuok	ʔuan	zjɛŋ	dzʰan	luo
7-6	銀	燈	點	舊	紗
	ŋjěn	təŋ	tiɛm	gʰju	ʃa
7-7	蜀	王	無	近	信
	zjuok	ɣjuaŋ	mjuo	gʰjən	sjen
7-8	泉	上	有	芹	芽
	dzʰjæn	zjaŋ	ɣju	gʰjən	ŋa

　　此詩爲李賀春夜過華清宮，見宮殿荒涼，興黍離之悲，作此以寓譏刺。華清宮爲君王游幸之所，理當堂皇富麗，安史亂後，石斷苔生，不復往昔。李賀描述的不僅是眼前宮殿的殘敗，更內心對時局的失落。這種失落的情懷是以何種韻律來承載，清人方扶南曾有簡短的評論：「前六句亦直，但聲調清響森秀，結句佳。」〔註11〕意即前六句詩意平直易懂，然而在聲音表現上「清響森秀」，甚有安排。「森秀」是清秀的意思，「清響森秀」大概是描述聲音清晰響亮，而清晰響亮具體的呈現爲何？原因爲何？則無從得知。爲補苴前人詩論之不足，今以語言學的方法，做音素的分析，韻律的歸納，便可具體的說明其聲音的表現，且不只對「前六句」有所描述，更能進一步的掌握整首詩的韻律。

　　首先就入聲的節奏來看，這首詩入聲的配置形成了相當特殊的長短韻律，若將本詩八句分爲上下兩個段落，入聲在上四句產生層遞的長短節奏（長短長長長，長長短長長，長長長短長）。入聲位置如下：

〔註11〕〔唐〕李賀撰，〔明〕曾益等注：《李賀詩注》（臺北：世界書局，1963年），頁493。

7-1	春	月（入）	夜	啼	鴉
7-2	宮	簾	隔（入）	御	花
7-3	雲	生	朱	絡（入）	暗
7-4	石	斷	紫	錢	斜

　　上四句的層遞韻律，如步下階梯，是一層一層的接續著；到下四句，入聲則在首字形成「短－長－短－長」交錯的韻律。下四句首字「玉」（入）、「銀」（平）、「蜀」（入）、「泉」（平）為入聲與平聲的長短音的對比，從韻尾來看，舌根塞音與舌尖鼻音也形成急促的停頓與綿長的共鳴的對比，產生〔-k -n -k -n〕的交錯韻律。除了起始音節的交錯韻律，入聲開頭的兩句「銀燈點舊紗」、「泉上有芹芽」在聲調上又是四聲齊備，五字之中四聲齊備，聲調變化緊湊，整個詩歌的韻律主軸在入聲的配置及四聲的遞用下形成交遞錯落的變化性節奏，暗合於詩意中華清宮人事全非的滄桑劇變。

　　在長短的變化節奏中，也調和著統一的音響，如三句出句句腳皆為去聲，去聲為降調，連續的降調形成統一的氛圍，與詩中的惆悵失落互應。陽聲韻尾在第一音節貫串第一到三句相諧，又在第二音節貫串第二到八句相應。頭韻則形成連環相諧，先是第四、五句「錢」、「殘」以〔dzʰ-〕相諧，緊接著第五、六句「玉」、「銀」以〔ŋ-〕呼應，其後第六到八句「舊」、「近」、「芹」以〔gʰ-〕相應。句與句的縱向呼應，串連了整體的韻律，而一句中的橫向連結則有單句頭韻的呼應，如第二句「宮〔k-〕簾隔〔k-〕御〔ŋ-〕花〔x-〕」舌根音的相應，第四句「石斷紫〔ts-〕錢〔dzʰ-〕斜〔z-〕」舌尖前音的相諧、第八句「泉上有〔ɣ-〕芹〔gʰ-〕芽〔ŋ-〕」又一次舌根音的連續呼應，第六句「銀燈〔t-〕點〔t-〕舊紗」也以相同的聲母連綴上二下三兩個音組。再者，句中韻也是橫向的韻律聯繫，如第一句「春月夜（禡）啼鴉（麻）」、第四句「石斷（緩）紫錢（仙）

斜」、第五句「玉椀（緩）盛殘（寒）露」皆隔字形成韻母的呼應。又第五、六句「玉椀〔-n〕盛〔-ŋ〕殘〔-n〕露」、「銀〔-n〕燈〔-ŋ〕點〔-m〕舊紗」也以陽聲韻尾共鳴成韻。

　　整體來講，入聲的配置使得這首詩的節奏鮮明，相諧的音素讓這首詩呈現響亮的共鳴，如句中韻皆爲低元音的呼應，低元音開口度最大，聲音最響亮，頭韻多爲濁音相諧，濁音響度大於清音，再加上多處以鼻音韻尾相諧共鳴，鼻音能延續擴大主元音的響度，大概便是以上這些韻律表現造成了方扶南「清響森秀」之感。

　　此外，從這首詩的韻律安排中，也可看出李賀編織韻律的用心。在入聲交錯的變化音效中，李賀縱橫交織著聲、韻、調相諧的統一呼應，變化音效是本詩的韻律主軸，變化中融入縱橫綿密的呼應韻律，調和出變化與統一交融的和諧樂音。

　　討論完五言詩後，接著來看七言詩的朗讀效果。李賀的七言詩少，又僅有絕句一體，前賢認爲李賀憎惡七言律體，如清人姚文燮說：「斯集古體爲多，其絕無七言近體者，深以爾時之七言近體爲不可救藥而姑置不論。」〔註12〕果如其說，那李賀對七言的韻律安排是否相對的薄弱，以下試舉李賀組詩〈南園十三首〉的第二首來說明。

　　　　〈南園十三首〉之二

9-1	宮	北	田	塍	曉	氣	酣
擬音	kjuŋ	pək	dʰiɛn	dzʰjən	xiɛu	kʰjəi	ɣɑm
9-2	黃	桑	飮	露	窣	宮	簾
擬音	ɣuɑŋ	sɑŋ	ʔjem	luo	suət	kjuŋ	ljæm
9-3	長	腰	健	婦	偸	攀	折
擬音	dʰjaŋ	ʔjæu	gʰjɐn	bʰju	tʰu	pʰan	tɕjæt
9-4	將	餧	吳	王	八	繭	蠶
擬音	tsjaŋ	ʔjuě	ŋuo	ɣjuaŋ	pæt	kiɛn	dzʰʌm

<hr />

〔註12〕〔唐〕李賀撰，〔明〕曾益等注：《李賀詩注》（臺北：世界書局，1963年），頁402。

　　〈南園十三首〉共有十三首，前十二首爲七言絕句，第十三首
爲五言律詩。此詩是十二首七絕的第二首，內容描述了李賀辭官返
鄉後閑居昌谷的田園瑣事，詩文中呈現宮北的田間朝氣酣爽，宮中
的嫩桑含露窸窣地碰著宮簾，健壯的村婦伸長了身子，偷偷攀折了
去餵養新蠶。全詩呈現出平和盈滿的生機，〈南園十三首〉雖多感慨
之作，然此詩卻清新活潑，充滿朝氣。

　　就音響表現來看，這首詩四句四聲皆備（平入平平上去平，平
平上去入平平，平平去上平平入，平去平平入上平），朗讀時聲調起
伏頓挫，富有變化性。又詩歌的第一個停頓點即安排入聲（北
〔pək〕），使讀者在朗讀詩歌的開始即出現明顯的頓點；接著第二、
四句押韻句的入聲字皆置於第五音節，第五音節爲七言下三音組的
開頭，入聲於此形成上三下四兩音組的顯著分界；第三句的入聲置
於句腳，與韻腳形成對比性的音效，以本詩押「鹽」韻，鹽韻爲低
元音後加雙唇鼻音韻尾，鼻音韻尾可以形成共鳴延續的音效，與入
聲塞音韻尾的短促形成強烈的長短音的對比。本詩的入聲配置強化
整首詩的頓點節奏及每句末字的音效對比，而四聲齊備的聲調安排
形成豐富的音高變化，呈現活潑豐富的韻律。

　　此外，整首詩又以陽聲韻尾形成和諧的共鳴，四句的第一個音
節皆以陽聲韻尾相諧，且都是舌根鼻音，陽聲韻以舌根鼻音的口腔
共鳴空間最大，加上鼻腔的共鳴，產生響亮的音響，即此詩的每一
句皆以宏亮的聲音開頭。又四句末字韻尾雖然沒有形成相諧，然而
「酣」、「簾」、「折」、「蠶」四個字主要元音皆爲低元音，低元音開
口度大，聲音響亮，故結尾的聲音也是宏亮的。此外，在第三音節、
第六音節，又以陽聲韻連貫三句相諧，第二句「黃〔-ŋ〕桑〔-ŋ〕
飲〔-m〕露窸宮〔-ŋ〕簾〔-m〕」七字有五字韻尾形成鼻音共鳴，整
首詩迴盪著宏亮悠長的共鳴。再者，句中韻的相應也是響亮的，第
三句「健」與「攀」以低元音加鼻音韻尾相諧，「婦」與「偷」以〔-u〕
相應，第四句「將」與「王」以低元音加舌根鼻音〔-aŋ〕對應，再

加上第二句「黃桑」也是低元音加舌根鼻音的疊韻詞，第一、二句
「宮」字的重複，又全詩將近一半的字的主元音爲低元音，整首詩
可謂十分的響亮，正可呈現出詩文中「曉氣酣」、「黃桑飲露」、「長
腰健婦」、「八繭蠶」等豐滿意象。

句與句之間的韻律聯繫除了韻尾的相諧外，頭韻也有不錯的表
現，第一、二句「宮」（〔k-〕）、「黃」（〔ɣ-〕）在第一音節相諧，「氣」
（〔kʰ-〕）、「宮」（〔k-〕）在第六音節相諧；第三、四句「腰」（〔ʔ-〕）、
「餒」（〔ʔ-〕）在第二音節呼應，「健」（〔gʰ-〕）、「吳」（〔ŋ-〕）在第
三音節相諧，兩聯都有兩處的頭韻呼應，讓偶句間的音韻關聯更加
的緊密。以上的討論可知李賀七言詩雖少，然而在韻律的布置上依
然精巧細密。

上列詩例呈現出如此綿密的韻律網絡，可以看出李賀不僅用功
在「尋章摘句」上，在韻律布置上亦是「嘔出心乃已」〔註13〕。總
的來說，李賀詩呈現高密度的網絡呼應，聲、韻、調彼此交互作用，
編織出綿密又不致於呆板的韻律節奏，更以多元的韻律技巧深刻詩
歌的情感線條。李賀詩朗誦時音調和美，呼應綿密，渾然一體，如
此的韻律表現並非信手走筆，自然天成，乃是詩人精心錘鍊，將層
層的韻律巧妙地交疊築構而成。

第三節　本文檢討與研究展望

律風格的研究是以現代語言學的方法，對研究材料進行具體的
描述、分析及詮釋。在分析、詮釋之前，首要工作就是精確的描述
語言材料，而這是本論文認爲有困難的地方。本論文的研究材料是
中古元和時期北方詩人李賀的近體詩，語言的描寫是依據董同龢中

〔註13〕語本李商隱〈李長吉小傳〉：「（李賀）恆從小奚奴，騎距驢，背一古
破錦囊，遇有所得，即書投囊中。及暮歸，太夫人使婢受囊出之，
見所書多，輒曰：『是兒要當嘔出心乃已爾！』」詳見〔唐〕李賀撰，
〔明〕曾益等注：《李賀詩注》（臺北：世界書局，1963年），頁221。

古音系統的擬音，董氏乃依據韻書、韻圖等做原則性的擬音，並非專對特定時期或地域的描述；若改取王力《漢語語音史》隋——中古時期的擬音，李賀韻部通押的情形又與王力韻部分合的說法多有出入，若取周祖謨〈唐五代的北方語音〉的擬音，韻部分合的情形亦有齟齬之處。對於精準的還原李賀當時的實際語音，本論文尚無法處理。

因為無法處理這一個部分，所以在某些韻律的探討上便有所缺漏或無法進行。如本論文以李賀韻部通押的情形來歸納句中韻相諧的韻類，然而李賀某些韻部的通押情形讓筆者在歸類時委決不下。如李賀近體「江」韻與「陽、唐」，與「東、冬、鍾」通押的各有一首；古體詩〈榮華樂〉「陽、江」通押，〈溪晚涼〉「東、鍾、江」通押，也是各一首。王力認為及至晚唐五代，「江」韻依然獨用，周祖謨〈唐五代的北方語音〉則將「江」韻歸於「陽、唐」。王力的語音時期跨幅甚大，又周祖謨所論的北方地域過於廣泛，時空的定位點不是非常的精細，要得知李賀的「江」韻的實際音值是有困難的？

再者，李賀韻部通押，主要是主元音產生了變化，而不是韻尾。通押的韻部在主元音上應該非常的接近，甚至相同，然而因無法確切的標出韻部合用後的音值，故主元音韻律探討便無法進行。如李賀「東、冬、鍾」通押，按董同龢的擬音東韻為〔-uŋ〕，冬、鍾為〔-oŋ〕，東韻主元音是〔-u〕，冬、鍾是〔-o-〕，李賀三韻通押，所以三韻實際的主元音該是〔-u-〕還是〔-o-〕？若是〔-u-〕則主元音可與「尤、侯、幽」相諧，若是〔-o-〕則是與「魚、虞、模」相諧。如〈馬詩二十三首〉之三「鳴騧辭鳳苑」，其主元音的排列為〔-ɐ- / -u- / -i- / -u- / -ɐ-〕，這是元音交錯回環的韻律，「騧」為尤韻，故這個韻律可以成立，然「鳳」（送韻）若擬為〔-oŋ〕，則相諧的當是「魚、虞、模」，這個韻律就不成立了。若將〔-o-〕、〔-u-〕歸為一類，李賀「魚、虞、模」又不與「尤、侯、幽」通押，即這兩種元音對李賀來說還是很不同的，在主元音相諧上不可歸為一類。

　　語言風格學是以語言本身為分析的依據，若擬音上無法較精確的還原，那麼韻律篩選的原則就不容易訂立了，這也是本論文沒有探討主元音韻律的原因。李賀有不少主元音形成的韻律，如〈馬詩二十三首〉之七「西母酒將闌」〔-ɛ- / -u- / -u- / -ɑ- / -ɑ-〕，〈示弟〉「還家一日餘」〔-a- / -a- / -e- / -e- / -o-〕，若有更精準的擬音，想必能夠更全面的呈現李賀近體詩的韻律。

　　其次，本論文就聲、韻、調分別探究李賀近體韻律，這樣的研究架構固然可以將聲音分析至最小單位，且清楚的展示各音素的韻律表現，然而各個音素韻律間的交響組合，及整體韻律的複合音效等方面的呈現就比較缺乏了。雖然筆者於結論處，各取了一首五言詩及七言詩來呈現整體的朗讀效果，然而這不過是七十首詩中的兩首，無法看出李賀整體複合韻律的安排慣性及韻律密度。礙於篇幅過冗，這個部分或許之後再以單篇論文來討論。

　　此外，本論文尚未探究的還有李賀意義節奏的韻律。陳本益說：「詩歌節奏分為外在節奏和內在節奏。外在節奏由詩歌語言的外在特徵造成，內在節奏由詩歌語言內在的意義和情緒造成。」〔註14〕外在節奏指的是語言的形、音所形成的視覺及聽覺節奏；內在節奏分為意義節奏和情緒節奏，意義節奏的單位是詞和詞組，這種意義單位的連續和反覆便構成意義節奏，而情緒節奏依附於意義節奏，乃由詩中情緒的強弱起伏造成。這些節奏與聽覺韻律相關的，有外在節奏中的語音構成的節奏，及內在節奏中的意義節奏。本論文主要探討語音所形成的外在節奏，對於內在節奏中的意義節奏並無著墨。然而意義節奏確實是韻律的一環，詩句內部詞語不同的組合層次可以形成不同的句式節奏，如李賀的〈竹〉：

　　　　入水 / 文光動，抽空 / 綠影春。(二三)
　　　　露華 / 生 / 筍徑，苔色 / 拂 / 霜根。(二一二)
　　　　織 / 可承香汗，裁 / 堪釣錦鱗。(一四)

───────────────
〔註14〕陳本益：《漢語詩歌的節奏》（臺北：文津出版社，1994 年），頁 7。

三梁／曾入用，一節／奉王孫。（二三）

這首五律每聯兩句的句式一樣，四聯又以不同的節奏銜接，形成兩句一變的韻律節奏。進一步我們可以探究的是：李賀近體詩的意義節奏形成了哪些句式？有哪些語法型態？是否有慣用的句式節奏？意義節奏與外在語音節奏又是如何的對應？這些都是可以繼續開展的議題。

　　李賀近體詩僅佔全部詩歌 30%左右，還不到三分之一，其餘皆為樂府、古體，若能以樂府、古體的韻律來做對照，更能彰顯近體的特色。關於樂府、古體韻律的研究，目前僅有聲音重複及用韻這兩個部分。用韻部分，樂府、古體本來就不同於近體，然而從其用韻、換韻的頻率，可以對照近體首句用韻的現象。重複音效的部分，近體與樂府、古體有較明顯的差距，這是目前比較清楚的，然而樂府、古體的頭韻、句中韻、韻尾等等的表現，與近體詩又呈現如何的對應關係？後續若能完成樂府、古體的韻律研究，那麼將可以更全面的對比出李賀近體的韻律風格，李賀的整體韻律風格也得以建構完全。

參考文獻

一、工具書（依時代先後排序）

1. 〔晉〕郭璞注，〔宋〕邢昺疏：《爾雅注疏》，北京：北京大學出版社，2000 年。

2. 〔漢〕許慎撰，〔南朝宋〕徐鉉校定：《說文解字》，香港：中華書局，1972 年。

3. 〔漢〕許慎撰，〔清〕段玉裁注：《説文解字注》，高雄：復文書局，1998 年。

4. 〔唐〕張參：《五經文字》，《景印摛藻堂四庫全書薈要·經部·經解類》第七七冊，臺北：世界出版社，1986 年。

5. 〔梁〕顧野王撰：《玉篇》，臺北：臺灣中華書局，1982 年。

6. 〔遼〕釋行均：《龍龕手鑒》，《中華再造善本·唐宋編·經部》39，北京：北京圖書館出版社，2003 年。

7. 〔宋〕陳彭年等重修、林尹校訂：《新校正切宋本廣韻》，臺北：黎明文化出版，1976 年。

8. 〔金〕韓孝彥，韓道昭撰《四聲篇海》，《續修四庫全書·經部·小學類》229，上海：上海古籍出版社，1995 年。

9. 漢語大詞典編撰委員會編：《漢語大詞典》，上海：漢語大詞典出版社，1995 年。

10. 陳新雄等編著：《語言學辭典》增訂版，臺北：三民書局，1989 年初版，2005 年增訂。

二、李賀詩集版本及注本（依時代先後排序）

1. 宣城本《李賀歌詩編》，藏於臺灣國家圖書館，另有影本於臺灣中央研究院傅斯年圖書館。

2. 宋蜀本《李長吉文集》，藏於北京中國國家圖書館，今有影本收於臺灣國家圖書館。

3. 蒙古本趙衍刻本《歌詩編》，藏於北京中國國家圖書館，今有影本收於臺灣國家圖書館。

4. 明毛晉汲古閣據鮑欽止手定本校刊《李長吉歌詩編》，藏於臺灣國家圖書館。

5. 清述古堂影南宋「臨安府棚前北睦親坊南陳宅經籍鋪」本《歌詩編》，原書藏於北京中國國家圖書館，今有北京聯合出版社 2016 年影印述古堂本出版的《歌詩編》。

6. 元代建安刻本《唐李長吉歌詩》（吳正子《箋註》本），原書藏於臺灣國家圖書館。

7. 〔唐〕李賀撰，〔明〕曾益等注：《李賀詩注》，臺北：世界書局，1963 年。

8. 〔唐〕李賀撰，〔清〕吳汝綸評注：《李長吉詩評註》，臺北：新文豐出版社，1979 年。

9. 〔唐〕李賀撰，〔清〕陳本禮箋注：《唐李賀協律鉤元》，香港：香港中文大學，1973 年。

10. 〔唐〕李賀撰，葉恩奇疏注：《李賀詩集疏注》，北京：人民文學出版社，1959 年。

11. 〔唐〕李賀撰，陳弘治校釋：《李長吉歌詩校釋》，臺北：嘉新水泥公司文化會，1969 年。

12. 〔唐〕李賀撰，劉衍注：《李賀詩校箋證異》，長沙：湖南出版社，1990 年。

13. 〔唐〕李賀撰，王友勝、李德輝校注：《李賀集》，長沙：岳麓書社，2002 年。

14. 〔唐〕李賀撰，吳企明箋注：《李長吉歌詩編年箋注》，北京：中華書局，2012 年。

三、文獻資料（依時代先後排序）

1. 〔周〕左丘明撰，〔晉〕杜預注，〔唐〕孔穎達正義：《春秋左傳正義》，北京：北京大學出版社，2000 年。

2. 〔漢〕毛亨傳，〔漢〕鄭玄箋，〔唐〕孔穎達疏：《毛詩正義》，北京：北京大學出版社，2000 年。

3. 〔漢〕趙岐注，〔宋〕孫奭疏：《孟子注疏》，北京：北京大學出版社，2000 年。

4. 〔漢〕劉安等編，劉文典集解：《淮南鴻烈集解》，臺北：文史哲出版社，1992 年。

5. 〔漢〕司馬遷撰，〔日〕瀧川龜太郎編：《史記會注考證》，高雄：麗文文化事業股份有限公司，1997 年。

6. 〔漢〕班固撰，〔唐〕顏師古注：《新校漢書集注》，臺北：世界書局，1978 年。

7. 〔漢〕劉熙撰：《叢書集成簡編·釋名》，臺北：臺灣商務印書館，1966 年。

8. 〔南朝宋〕范曄撰，〔唐〕李賢等注：《新校後漢書注》，臺北：世界書局，1972 年。

9. 〔南朝梁〕劉勰著，詹鍈義證：《文心雕龍義證》，上海：上海古籍出版社，1989 年。

10. 〔南朝梁〕沈約撰，楊家駱編：《新校本宋書附索引》，臺北：鼎文書局，1987 年。

11. 〔北齊〕顏之推：《顏氏家訓》，臺北：臺灣商務印書館，1979 年。

12. 〔唐〕何超撰：《晉書音義》，楊家駱編：《新校本晉書并附編六種》，臺北：鼎文書局，1979 年。

13. 〔唐〕陸德明：《經典釋文》，上海：上海古籍出版社，1984 年。

14. 〔唐〕歐陽詢撰，汪紹楹校：《藝文類聚》，上海：上海古籍出版社，1965 年。

15. 〔唐〕李延壽撰：《南史》，北京：中華書局，1975 年。

16. 〔唐〕皎然著，周維德校注：《詩式校注》，杭州：浙江古籍出版社，1993 年。

17. 〔唐〕釋慧琳：《一切經音義》，《續修四庫全書·經部·小學類》196，上海：上海古籍出版社，1995 年。

18. 〔唐〕〔日〕弘法大師原撰，王利器校注：《文鏡秘府論校注》，臺北：貫雅文化事業有限公司，1991 年。

19. 〔唐〕皮日休：《皮子文藪》，上海：上海古籍出版社，1981 年。

20. 〔宋〕計有功：《唐詩紀事》，臺北：臺灣中華書局，1981 年。

21. 〔宋〕嚴羽撰，郭紹虞校釋：《滄浪詩話校釋》，臺北：正生書局，

1972 年。

22. 〔明〕毛晉撰，潘景鄭校訂：《汲古閣書跋》，上海：上海古籍出版社，2005 年。

23. 〔清〕顧炎武撰，留永翔校點：《音學五書韻補正》，上海：上海古籍出版社，2012 年。

24. 〔清〕沈德潛：《說詩晬語》卷上，收錄於《續修四庫全書》編纂委員會編：《續修四庫全書・集部・詩文評類》，上海：上海古籍出版社，2002 年。

25. 〔清〕江永：《音學辨微》，《叢書集成續編》第 20 冊，上海：上海書局，1994 年。

26. 〔清〕戴震：《戴東原先生全集・戴東原集》卷四〈轉語二十章序〉，臺北：大化書局，1978 年。

27. 〔清〕董文煥：《聲調四譜》，臺北：廣文書局，1974 年。

28. 〔清〕王夫之等撰，丁福保編：《清詩話》，臺北：明倫出版社，1971 年。

29. 郭紹虞編選：《清詩話續編》，上海：上海古籍出版社，1983 年。

四、現代專著（依姓氏筆畫排序）

1. 丁邦新：《丁邦新語言學論文集》，北京：商務印書館，1998 年。

2. 王力：《古代漢語》，北京：中華書局，1964 年。

3. 王力：《漢語詩律學》，香港：中華書局，1976 年初版，1999 年再版。

4. 王力：《漢語音韻學》，臺北：藍燈文化事業股份有限公司，1991 年。

5. 王力：《詩詞格律》，香港：中華書局，2002 年。

6. 王力：《漢語語音史》，北京：商務印書館，2008 年。

7. 王國維：《人間詞話》，臺北：臺灣開明書店，1989 年。

8. 王國維：《王國維集》第一冊，北京：中國社會科學，2008 年。

9. 王夢鷗：《初唐詩學著述考》，臺北：臺灣商務印書館，1977 年。

10. 王夢鷗：《文學概論》，臺北：藝文印書館，2001 年。

11. 王禮錫：《李長吉評傳》，出版地不詳：神州國光社，1930 年。

12. 方瑜：《中晚唐三家詩析論：李賀、李商隱與溫庭筠》，臺北：牧童出版社，1975 年。

13. 左松超：《漢語語法（文言篇)》，臺北：五南圖書出版股份有限公司，2003 年。

14. 朱子輝：《唐詩語言學批評研究》，桂林：廣西師範大學出版社，2015年。

15. 朱曉農：《語音學》，北京：商務印書館，2010 年。

16. 宇文所安著，陳引馳、陳磊譯譯：《中國〈中世紀〉的終結：中唐文學文化論集》，臺北：聯經出版社，2007 年。

17. 余光中：《逍遙遊》，臺北：九歌出版社，2000 年。

18. 何成邦，《陸機詩歌的語言風格研究》，香港：中文大學出版社，2012年。

19. 吳企明編：《李賀資料彙編》，北京市：中華書局，1994 年。

20. 吳翔林：《英詩格律及自由詩》，北京：商務印書館，1993 年。

21. 杜國清：《詩論·詩評·詩論詩》，臺北：臺灣大學出版中心，2010年。

22. 李卓藩：《李賀詩新探》，臺北：文史哲出版社，1996 年。

23. 李新魁：《中古音》，北京：商務印書館，1991 年。

24. 李德輝：《李賀詩歌淵源及影響研究》，南京：鳳凰出版社，2010 年。

25. 林于弘：《初唐前期詩歌研究》，新北市：花木蘭文化出版社，2007年。

26. 竺士元：《格律詩新探》，杭州：浙江大學出版社，2013 年。

27. 竺師家寧：《聲韻學》，臺北：五南圖書出版股份有限公司，1991 年。

28. 竺師家寧：《中國的語言和文字》，臺北：臺灣書店，1998 年。

29. 竺師家寧：《漢語詞彙學》臺北：五南圖書出版股份有限公司，1999年。

30. 竺師家寧：《語言風格與文學韻律》，臺北：五南圖書出版股份有限公司，2001 年。

31. 竺師家寧：《語言風格之旅：文學欣賞的新途徑》，臺北：新學林出版股份有限公司，2017 年。

32. 金開誠，葛兆光：《歷代詩文要籍詳解》，北京：北京出版社，1988年。

33. 周世箴：《語言學與詩歌詮釋》，臺中：晨星出版社，2003 年。

34. 周祖謨：《周祖謨語言文史論集》，北京：學苑出版社，2004 年。

35. 周碧香：《書寫風的線條：語言風格學》，臺北：洪葉文化，2013 年。

36. 周碧香：《《東籬樂府》語言風格研究》，臺北：五南圖書出版股份有限公司，2015 年。

37. 胡淑娟：《歷代詩評視野下的李賀批評》，上海：學林出版社，2009年。

38. 高友工：《中國美典與文學研究論集》，臺北：臺灣大學出版中心，2004 年。

39. 高友工、梅祖麟：《唐詩三論：詩歌的結構主義批評》，北京：商務印書館，2013 年。

40. 高名凱、石安石主編：《語言學概論》，北京：中華書局，1963 年。

41. 徐傳武：《李賀論稿》，臺中：廣陽譯學出版社，1997 年。

42. 張世祿：《張世祿語言學論文集》，上海：學林出版社，1984 年。

43. 張伯偉：《全唐五代詩格彙考》，南京：鳳凰出版社，2002 年。

44. 張宗福：《李賀研究》，成都：巴蜀書社，2009 年。

45. 張浩：《唐詩美學》，西安：陝西人民教育出版社，1992 年。

46. 張修蓉：《中唐樂府詩研究》，臺北：文津出版社，1985 年。

47. 張德明：《語言風格學》，高雄市：麗文文化，1995 年。

48. 張慧美：《廣告標語之語言風格研究》，臺北：駱駝出版社，2002 年。

49. 張慧美：《語言風格之理論與實例研究》，臺北：駱駝出版社，2006 年。

50. 陳本益：《漢語詩歌的節奏》，臺北：文津出版社，1994 年。

51. 陳新雄：《古音學發微》，臺北市：文史哲出版社，1996 年。

52. 梅祖麟：《梅祖麟語言學論文集》，北京：商務印書館，2000 年。

53. 清華大學中國文學會：《語言與文學》，上海：中華書局，1937 年。

54. 曹逢甫：《從語言學看文學：唐宋近體詩三論》，臺北：中央研究院語言學研究所，2004 年。

55. 郭紹虞：《語文通論》，上海：開明書店，1941 年。

56. 郭紹虞：《語文通論續編》，上海：開明書店，1948 年。

57. 黃淬伯：《慧琳一切經音義反切攷》，北京：中華書局，2010 年。

58. 黃慶萱：《修辭學》，臺北：三民書局，1986 年。

59. 程祥徽、鄧駿捷、張劍樺：《語言風格》，香港：三聯書局，2002 年。

60. 程祥徽、黎運漢主編：《語言風格論集》，南京：南京大學出版社，1994 年。

61. 程祥徽：《語言風格初探》，臺北：書林出版社，1991 年。

62. 楊文雄：《李賀詩研究》，臺北：文史哲出版社，1980 年。

63. 楊其群：《李賀研究論集》，太原：北岳文藝出版社，1989 年。

64. 葛兆光：《漢字的魔方——中國古典詩歌語言學的札記》，香港：中華書局，1989 年。

65. 董同龢：《漢語音韻學》，臺北：文史哲出版社，1979 年。

66. 瘂弦主編：《中國語言學論集》，臺北：幼獅文化，1977 年。

67. 萬曼：《唐集敘錄》，開封：河南大學出版社，2008 年。

68. 葉桂桐：《中國詩律學》，臺北：文津出版社，1998 年。

69. 葉維廉：《中國詩學》，臺北：國立臺灣大學出版中心，2014 年。

70. 葉維廉等：《中國古典文學比較研究》，臺北：黎明文化公司，1977 年。

71. 蔣紹愚：《唐詩語言研究》，北京：語文出版社，2008 年。

72. 蔡瑜：《唐詩學探索》，臺北：里仁書局，1998 年。

73. 黎運漢：《漢語風格探索》，北京：商務印書館，1990 年。

74. 黎運漢：《漢語風格學》，廣州：廣東教育出版社，2000 年。

75. 鄭遠漢：《言語風格學》，漢口：湖北教育出版社，1998 年。

76. 鮑明煒：《唐代詩文用韻研究》，南京：江蘇古籍出版社，1985 年。

77. 駱寒超、陳玉蘭：《中國詩學（第一部　形式論）》，北京：中國社會科學出版社，2009 年。

78. 錢鍾書：《談藝錄》，臺北：藍燈文化事業股份有限公司，1987 年。

79. 錢鍾書：《七綴集》，北京：三聯書店，2001 年。

80. 謝國平：《語言學概論》，臺北：三民書局，1998 年。

81. 謝雲飛：《語音學大綱》，臺北：蘭台書局，1974 年。

82. 謝雲飛：《文學與音律》，臺北：東大圖書，1978 年。

83. 羅常培、王均編著：《普通語音學綱要》，北京：商務印書館，1981 年。

84. 羅常培：《漢語音韻學導論》，臺北：里仁書局，1982 年。

85. 蘇旋等譯：《語言風格與風格學論文選譯》，北京：科學出版社，1960 年。

86. 蘇維熊：《英詩韻律學》，臺北：臺灣商務印書館，1967 年。

87. S.I.早川著，鄧海珠譯：《語言與人生》，臺北：遠流出版社，1984 年 5 月新一版。

88. 塩見邦彥（しおみ　くにひこ）:《唐詩口語の研究:唐詩語言散策》,
福岡市：中国書店，1995 年。

五、期刊論文（依姓氏筆畫排序）

1. 丁邦新:〈平仄新考〉,《中央研究院歷史語言研究所集刊》47 本 1
分，1975 年 12 月 1 日，頁 1～15。

2. 于根元:〈漢語現代風格學的建築——讀四部有關的新著〉,《語言
文字應用》第 2 期，1992 年，頁 80～88。

3. 王力:〈略論語言形式美〉,載於胡裕樹等編:《現代漢語參考資料》,
上海：上海教育出版社，1981 年，頁 510～530。

4. 王松木:〈從語言學角度析論李賀詩歌「瑰麗奇詭」的風格〉,《文
藻學報》第 15 期，2001 年，頁 161～176。

5. 尤振中:〈李賀集版本考（初稿）〉,《江蘇師院學報》第 3 期，1979
年，頁 69～88。

6. 亓婷婷:〈詩歌與音樂——李賀「李憑箜篌引」析論〉,《國文天地》
第 18 卷第 3 期，2002 年 9 月，頁 41～44。

7. 申丹:〈文學文體學的分析模式及其面臨的挑戰〉,《外語教學與研
究》第 3 期，1994 年，頁 7～13。

8. 沈建民:〈《廣韻》各聲類字的一個統計分析〉,《徐州師範大學學報》
（哲學社會科學版）第 26 卷第 2 期，2000 年 6 月，頁 47～51。

9. 祁志祥:〈雙聲、疊韻審美運用的歷史嬗變〉,《當代修辭學》第 2
期，1992 年，頁 43～44。

10. 金周生:〈「車」字異讀考——以唐詩用韻為觀察中心〉,《輔仁國文
學報》第 28 期，2009 年 4 月，頁 117～133。

11. 林素珍:〈《廣韻》又音探源〉,《中華學苑》第 9 期，1972 年 3 月，
頁 39～98。

12. 竺師家寧:〈岑參白雪歌的韻律風格〉,《中國語文》第 436 期，1993
年 10 月，頁 28～31。

13. 竺師家寧:〈語音分析與唐詩鑑賞〉,《華文世界》第 74 期，1994 年
12 月，頁 32～36。

14. 竺師家寧:〈《詩經》語言的音韻風格〉,《聲韻論叢》第 5 期，1996
年 9 月，頁 37～58。

15. 竺師家寧:〈從聲韻學賞析杜甫詩的韻律〉,《聲韻論叢》第 17 期，
2012 年 8 月，頁 31～53。

16. 高友工：〈律詩的美典（上）〉，《中外文學》第 18 卷第 2 期，1989 年，頁 4～34。

17. 高友工：〈律詩的美典（下）〉，《中外文學》第 18 卷第 3 期，1989 年，頁 32～46。

18. 耿志堅：〈唐代元和前後詩人用韻考〉，《彰化師範大學學報》第 1 期，1990 年 6 月，頁 117～166。

19. 耿志堅：〈中唐詩人用韻考〉，《聲韻論叢》第 3 期，1991 年 5 月，頁 65～83。

20. 張世祿：〈漢語語音發展的規律〉，徐州師範學院學報（哲學社會科學版）4 期，1980 年，頁 1～7。

21. 張劍：〈20 世紀李賀研究述論〉，《文學遺產》第 6 期，2002 年，頁 119～131。

22. 張劍：〈李賀版本校勘瑣議〉，《中國社會科學院研究生院學報》第 1 期，2000 年，頁 54～57。

23. 郭娟玉：〈李賀詩韻與詞韻〉，《大陸雜誌》第 95 卷第 1 期，1997 年 7 月，頁 13～40。

24. 裘樟松：〈李賀反格律辨？——駁李賀詩研究中一種「定論」〉，《浙江大學學報》第 4 卷第 2 期，1990 年 12 月，頁 145～149。

25. 趙雍：〈《廣韻》與實際收字處音切不一致之又音釋疑〉，《漢語史研究集刊》第 18 輯，成都：巴蜀書社，2015 年 1 月，頁 219～238。

26. 樓宇敏、裘樟松：〈談李賀近體詩的藝術特色〉，《浙江教育學院學報》第 20 期，2006 年 1 月，頁 29～33。

27. 蔣長棟：〈論中國韻文用韻特點〉，《中山人文學報》第 11 期，2000 年 10 月，頁 63～74。

28. 蔡振念：〈王力五言律詩的兩種格式補註〉，《成大中文學報》第 24 期，2008 年 4 月，頁 111～136。

29. 蔡振念：〈論唐代樂府詩之律化與入樂〉，《文與哲》第 15 期，2009 年 12 月，頁 61～98。

30. 歐麗娟：〈李賀詩歷代評論之分析〉，《國立編譯館館刊》第 22 卷第 1 期，1993 年 6 月，頁 129～158。

31. 謝明輝：〈解析李賀〈馬詩二十三首〉〉，《高雄師大學報》第 20 期，2006 年 6 月，頁 39～54。

32. 謝雲飛：〈談詩歌聲調的二元化〉，《中國語文》第 440 卷，1985 年 10 月，頁 17～22。

33. 魏祖欽：〈李賀七言古詩的藝術創新及其詩學史意義〉，《江西師範

大學學報（哲學社會科學版）》第 48 卷第 5 期，2015 年 9 月，頁 97～102。

34. 簡淑慧：〈李賀南園十三首詩研究〉，《中華文化復興月刊》第 22 卷 第 4 期，1989 年 4 月，頁 41～45。

35. E.G. Pulleyblank：'The Rhyming Categories of Li Ho（791-817）'，《清 華學報》第 7 卷第 1 期，1968 年 8 月，頁 1～25。

六、學位論文（依姓氏筆畫排序）

1. 王美心：《劉禹錫七言絕句詩之語言風格研究——以音韻和詞彙爲 研究範疇》，臺北市立教育大學中國語文學系碩士論文，2011 年。

2. 史淑琴：《李賀詩歌用韻研究》，中國蘭州大學碩士論文，2010 年。

3. 朴庸鎭：《從現代語義學看李賀詩歌之語義研究》，東海大學中國文 學系碩士論文，1996 年。

4. 李一恒：《李賀詩析論》，國立臺灣大學中國文學研究所碩士論文， 1979 年。

5. 李淼：《李賀樂府詩研究》，中國首都師範大學碩士論文，2006 年。

6. 吳彥融：《王建宮詞及其語言風格研究——以音韻和詞彙爲範圍》， 臺北市立教育大學中國語文學系碩士論文，2013 年。

7. 吳麗靜：《鄭愁予詩的音韻風格研究》，國立政治大學國文教學碩士 在職專班碩士論文，2008 年。

8. 林正芬：《孟浩然五言古詩語言風格研究——以音韻和詞彙爲範 圍》，臺北市立教育大學中國語文學系碩士論文，2008 年。

9. 林雅惠：《王昌齡七言絕句語言風格研究——以音韻和詞彙爲範 圍》，臺北市立教育大學應用語言文學研究所碩士論文，2006 年。

10. 林曉文：《徐志摩詩的韻律風格研究》，國立政治大學國文教學碩士 在職專班碩士論文，2013 年。

11. 洪在玄：《李賀詩文學世界研究》，輔仁大學中國文學研究所碩士論 文，1984 年。

12. 洪雅惠：《高適七言古詩語言風格研究》，臺北市立師範學院應用語 言文學研究所碩士論文，2004 年。

13. 陳文鐸：《岑參七言邊塞古詩之音韻風格研究》，國立彰化師範大學 國文學系碩士論文，2014 年。

14. 陳威遠：《韋應物五言絕句之語言風格學研究——以音韻和詞彙爲 研究範疇》，臺北市立教育大學中國語文學系碩士論文，2011 年。

15. 陳靜儀：《孟浩然五言律詩音韻風格之研究》，國立彰化師範大學國文學系碩士論文，2009 年。

16. 陳穩如：《韓愈古體詩的音韻風格》，臺北市立教育大學中國語文學系碩士論文，2004 年。

17. 莊茹蘭：《李商隱七言律詩語言風格研究——以音韻和詞彙爲研究範圍》，淡江大學中國文學系碩士在職專班碩士論文，2013 年。

18. 張嘉玲：《杜牧七言律詩語言風格研究——以音韻和詞彙爲範圍》，臺北市立師範學院應用語言文學研究所碩士論文，2004 年。

19. 張靜宜：《李賀詩之語言風格研究——從詞彙與句型結構分析》，淡江大學中國文學系碩士論文，1996 年。

20. 楊雪嬰：《李賀詩風格之構成與表現》，國立高雄師範大學中國文學研究所碩士論文，1990 年。

21. 趙路得：《李賀與李商隱詩歌中的通感表現手法研究》，東吳大學中國文學系碩士論文，2006 年。

22. 劉文芳：《李商隱七言愛情詩語言風格研究——以音韻和詞彙爲研究範圍》，臺北市立教育大學中國語文學系碩士論文，2011 年。

23. 劉若緹：《唐代詩格聲律論研究》，淡江大學中國文學系博士論文，2011 年。

24. 黎采綝：《黃庭堅七言律詩音韻風格研究》，國立政治大學國文教學碩士在職專班碩士論文，2005 年。

25. 薛文耀：《李賀詩歌修辭研究》，華梵大學東方人文思想研究所碩士論文，2008 年。

26. 簡雅慧：《柳永《樂章集》長調之音韻風格——以創調、僻調爲對象》，國立彰化師範大學國文學系碩士論文，2010 年。

七、電子資源

1. 古籍與特藏文獻資源，中華民國國家圖書館，
   網址：http://rbook2.ncl.edu.tw/Search/Index/1

2. 小學堂，網址：http://xiaoxue.iis.sinica.edu.tw

3. 教育部異體字字典，中華民國教育部，
   網址：http://dict.variants.moe.edu.tw/variants/rbt/home.do

4. 漢籍電子文獻資料庫，中央研究院歷史語言研究所，
   網址：http://hanchi.ihp.sinica.edu.tw/ihp/hanji.htm

附錄　李賀近體詩擬音表

擬音資料說明：

一、李賀近體詩的音值擬定依據董同龢《漢語音韻學》（臺北：文史
哲出版社，1979 年初版）第七章〈中古音系〉的擬音系統，以國
際音標（IPA：International Phonetic Alphabet）標注音值，並資借
臺灣大學中國文學系、中央研究院歷史語言研究所、資訊科學
研究所共同開發的小學堂文字學資料庫（網址：http://xiaoxue.iis.
sinica.edu.tw），完成音值的擬定。

二、李賀七十首近體詩排列次序依據王琦寶笏樓刻《李長吉歌詩匯解》
之詩歌排序，並在詩題前以阿拉伯數字標注詩號，詩中每一句詩
皆有兩位編碼，編碼的順序為：詩歌編號－詩句編號，如編碼為
「1-1」，即表示此為第一首詩的第一句。

三、依據本論文第一章第五節字音的考訂標準，詩中若有一字多音
且無法斷定者，皆將該字其他的讀音附注於整首詩之後，並標
注編碼。編號的順序為：詩歌編號－詩句編號－句中字序，如
「1-4-4」即表示此為第一首詩的第四句中的第四字。

1.〈出城寄權璩楊敬之〉

1-1	草	暖	雲	昏	萬	里	春
擬音	tsʰɑu	nuan	ɤjuən	xuən	mjuɐn	li	tɕʰjuen
1-2	宮	花	拂	面	送	行	人
擬音	kjuŋ	xua	pʰjuɐt	mjæn	suŋ	ɤɐɤ	ȵjen
1-3	自	言	漢	劍	當	飛	去
擬音	dzʰjei	ŋjen	xan	kjuɐm	taŋ	pjuəi	kʰjo
1-4	何	事	還	車	載	病	身
擬音	ɤɑ	dʒʰi	zjuæn	tɕʰja	dzʰAi	bʰjɐŋ	ɕjen

1-4-4　車，又九魚切，kjo，見母，魚韻。

2.〈示弟〉

2-1	別	弟	三	年	後
擬音	bʰjæt	dʰiei	sam	nien	ɤu
2-2	還	家	一	日	餘
擬音	ɤuan	ka	ʔjet	ȵjet	jo
2-3	醆	醽	今	夕	酒
擬音	ljuok	lieŋ	kjem	zjɛk	tsju
2-4	緗	帙	去	時	書
擬音	sjaŋ	dʰjet	kʰjo	ʑi	ɕjo
2-5	病	骨	猶	能	在
擬音	bʰjɐŋ	kuət	ju	nəŋ	dzʰAi
2-6	人	間	底	事	無
擬音	ȵjen	kæn	tiei	dʒʰi	mjuo
2-7	何	須	問	牛	馬
擬音	ɤɑ	sjuo	mjuən	ŋju	ma
2-8	拋	擲	任	梟	盧
擬音	pʰau	dʰjɛk	ȵjem	kieu	luo

3.〈竹〉

3-1	入	水	文	光	動
擬音	ȵjep	ɕjuei	mjuən	kuaŋ	dʰuŋ
3-2	抽	空	綠	影	春
擬音	tʰju	kʰuŋ	ljuok	ʔjɐŋ	tɕʰjuen
3-3	露	華	生	筍	徑
擬音	luo	ɣua	ʃɐŋ	sjuen	kieŋ
3-4	苔	色	拂	霜	根
擬音	dʰΛi	ʃjək	pʰjuət	ʃjaŋ	kən
3-5	織	可	承	香	汗
擬音	tɕjək	kʰa	zjəŋ	xjaŋ	ɣan
3-6	裁	堪	釣	錦	鱗
擬音	dzʰΛi	kʰΛm	tieu	kjem	ljen
3-7	三	梁	曾	入	用
擬音	sam	ljaŋ	dzʰəŋ	ȵjep	juoŋ
3-8	一	節	奉	王	孫
擬音	ʔjet	tsiɛt	bʰjuoŋ	ɣjuaŋ	suən

4.〈同沈駙馬賦得御溝水〉

4-1	入	苑	白	泱	泱
擬音	ȵjep	ʔjuɐn	bʰɐk	ʔjaŋ	ʔjaŋ
4-2	宮	人	正	靨	黃
擬音	kjuŋ	ȵjen	tɕjɛŋ	ʔjæp	ɣuaŋ
4-3	遶	隄	龍	骨	冷
擬音	ȵjæu	tiɛi	ljuoŋ	kuət	lɐŋ
4-4	拂	岸	鴨	頭	香
擬音	pʰjuət	ŋan	ʔap	dʰu	xjaŋ
4-5	別	館	驚	殘	夢
擬音	pjæt	kuan	kjɐŋ	dzʰan	mjuŋ
4-6	停	盃	泛	小	觴
擬音	dʰieŋ	puΛi	pʰjuɐm	sjæu	ɕjaŋ

4-7	幸	因	流	浪	處
擬音	ɣæŋ	ʔjen	lju	lɑŋ	tɕʰjo
4-8	暫	得	見	何	郎
擬音	dzʰam	tək	kiɛn	ɣɑ	lɑŋ

5. 〈始為奉禮憶昌谷山居〉

5-1	掃	斷	馬	蹄	痕
擬音	sɑu	tuɑn	ma	dʰiɛi	ɣən
5-2	衙	廻	自	閉	門
擬音	ŋa	ɣuAi	dzʰjei	piɛi	muən
5-3	長	鎗	江	米	熟
擬音	ɖʰjaŋ	tʃʰɐŋ	kɔŋ	miɛi	zjuk
5-4	小	樹	棗	花	春
擬音	sjæu	zjuo	tsɑu	xua	tɕʰjuen
5-5	向	壁	懸	如	意
擬音	xjɑŋ	piek	ɣiuɛn	ɲjo	ʔi
5-6	當	簾	閱	角	巾
擬音	tɑŋ	ljæm	juæt	kɔk	kjĕn
5-7	犬	書	曾	去	洛
擬音	kʰiuɛn	ɕjo	dzʰəŋ	kʰjo	lak
5-8	鶴	病	悔	遊	秦
擬音	ɣak	bʰjɐŋ	xuAi	ju	dzʰjen
5-9	土	甌	封	茶	葉
擬音	tʰuo	tsjəŋ	pjuoŋ	ɖʰa	jæp
5-10	山	杯	鎖	竹	根
擬音	ʃæn	puAi	sua	ʈjuk	kən
5-11	不	知	船	上	月
擬音	pjuət	ʈje	dzʰjuæn	zjaŋ	ŋjuæt
5-12	誰	棹	滿	溪	雲
擬音	zjuei	ɖʰau	muɑn	kʰiɛi	ɣjuən

5-1-2 斷，又徒管切，dʰuɑn，定母，緩韻。

6.〈七夕〉

6-1	別	浦	今	朝	暗
擬音	pjæt	pʰuo	kjem	ʈjɐu	ʔAm
6-2	羅	帷	午	夜	愁
擬音	lɑ	vjuɛi	ŋuo	ja	dʒʰju
6-3	鵲	辭	穿	線	月
擬音	tsʰjak	zi	tɕʰjuæn	sjæn	ŋjuɐt
6-4	花	入	曝	衣	樓
擬音	xua	ɲjep	bʰuk	ʔjəi	lu
6-5	天	上	分	金	鏡
擬音	tʰiɛn	zjaŋ	pjuən	kjem	kjɐŋ
6-6	人	間	望	玉	鉤
擬音	ɲjen	kæn	mjuaŋ	ŋjuok	ku
6-7	錢	塘	蘇	小	小
擬音	dzʰjæn	dʰaŋ	suo	sjæu	sjæu
6-8	更	值	一	年	秋
擬音	kɐŋ	ɖʰi	ʔjet	niɛn	tsʰju

6-4-3　曝，又薄報切，bʰɑu，並母，號韻，去聲。

7.〈過華清宮〉

7-1	春	月	夜	啼	鴉
擬音	tɕʰjuen	ŋjuɐt	ja	dʰiɛi	ʔa
7-2	宮	簾	隔	御	花
擬音	kjuŋ	ljæm	kæk	ŋjo	xua
7-3	雲	生	朱	絡	暗
擬音	vjuən	ʃɐŋ	tɕjuo	lak	ʔAm
7-4	石	斷	紫	錢	斜
擬音	zjɛk	tuan	tsje	dzʰjæn	zja
7-5	玉	碗	盛	殘	露
擬音	ŋjuok	ʔuan	zjɐŋ	dzʰan	luo
7-6	銀	燈	點	舊	紗
擬音	ŋjěn	təŋ	tiɛm	gʰju	ʃa

7-7	蜀	王	無	近	信	
擬音	zjuok	vjuaŋ	mjuo	gʰjən	sjen	
7-8	泉	上	有	芹	芽	
擬音	dzʰjæn	zjaŋ	vju	gʰjən	ŋa	

8.〈南園十三首〉之一

8-1	花	枝	草	蔓	眼	中	開
擬音	xua	tɕje	tsʰau	mjuɐn	ŋæn	ʈjuŋ	kʰAi
8-2	小	白	長	紅	越	女	腮
擬音	sjæu	bʰɐk	dʰjaŋ	vuŋ	vjuɐt	njo	sAi
8-3	可	憐	日	暮	嫣	香	落
擬音	kʰa	liɛn	ȵjet	muo	ʔjæn	xjaŋ	lak
8-4	嫁	與	春	風	不	用	媒
擬音	ka	jo	tɕʰjuen	pjuŋ	pjuət	juoŋ	muAi

8-3-5 嫣，又許延切，xjæn，曉母，仙韻。

9.〈南園十三首〉之二

9-1	宮	北	田	塍	曉	氣	酣
擬音	kjuŋ	pək	dʰiɛn	dzʰjəŋ	xiɛu	kʰjəi	vam
9-2	黃	桑	飲	露	窣	宮	簾
擬音	vuaŋ	saŋ	ʔjem	luo	suət	kjuŋ	ljæm
9-3	長	腰	健	婦	偷	攀	折
擬音	dʰjaŋ	ʔjæu	gʰjɐn	bʰju	tʰu	pʰan	tɕjæt
9-4	將	餧	吳	王	八	繭	蠶
擬音	tsjaŋ	ʔjuɛ̌	ŋuo	vjuaŋ	pæt	kiɛn	dzʰAm

10.〈南園十三首〉之三

10-1	竹	裡	繰	絲	挑	網	車
擬音	ʈjuk	li	sau	si	dʰiɛu	mjuaŋ	tɕʰja
10-2	青	蟬	獨	噪	日	光	斜
擬音	tsʰiɐŋ	zjæn	dʰuk	sau	ȵjet	kuaŋ	zja
10-3	桃	膠	迎	夏	香	琥	珀
擬音	dʰau	kau	ŋjɐŋ	va	xjaŋ	xuo	pʰɐk

10-4	自	課	越	傭	能	種	瓜
擬音	dzʰjei	kʰua	ɣjuɐt	juoŋ	nəŋ	tɕjuoŋ	kua

11.〈南園十三首〉之四

11-1	三	十	未	有	二	十	餘
擬音	sam	ʑjep	mjuəi	ɣju	ɳjei	ʑjep	jo
11-2	白	日	長	飢	小	甲	蔬
擬音	bʰɐk	ɳjet	dʰjaŋ	kjĕi	sjæu	kap	ʃjo
11-3	橋	頭	長	老	相	哀	念
擬音	gʰjæu	dʰu	ȶjaŋ	lau	sjaŋ	ʔAi	niem
11-4	因	遺	戎	韜	一	卷	書
擬音	ʔjen	juei	ɳjuŋ	tʰau	ʔjet	kjuæn	ɕjo

12.〈南園十三首〉之五

12-1	男	兒	何	不	帶	吳	鉤
擬音	nAm	ɳje	ɣɑ	pjuɐt	tai	ŋuo	ku
12-2	收	取	關	山	五	十	州
擬音	ɕju	tsʰjuo	kuan	ʃæn	ŋuo	ʑjep	tɕju
12-3	請	君	暫	上	凌	煙	閣
擬音	tsʰjɛŋ	kjuən	dzʰam	ʑjaŋ	ljəŋ	ʔien	kak
12-4	若	箇	書	生	萬	戶	侯
擬音	ɳjɑk	ka	ɕjo	ʃɐŋ	mjuɐn	ɣuo	ɣu

12-2-2　取，一讀七庾切，tsʰu，清母，厚韻。

13.〈南園十三首〉之六

13-1	尋	章	摘	句	老	雕	蟲
擬音	zjem	tɕjaŋ	ȶæk	kjuo	lau	tieu	dʰjuŋ
13-2	曉	月	當	簾	挂	玉	弓
擬音	xiɛu	ŋjuɐt	taŋ	ljæm	kuæi	ŋjuok	kjuŋ
13-3	不	見	年	年	遼	海	上
擬音	pjuət	kien	nien	nien	lieu	xAi	ʑjaŋ
13-4	文	章	何	處	哭	秋	風
擬音	mjuən	tɕjaŋ	ɣɑ	tɕʰjo	kʰuk	tsʰju	pjuŋ

14.〈南園十三首〉之七

14-1	長	卿	牢	落	悲	空	舍
擬音	ȡʰjaŋ	kʰjɐŋ	lau	lak	pjɐi	kʰuŋ	ɕja
14-2	曼	倩	詼	諧	取	自	容
擬音	mjuɐn	tsʰiɛn	kʰuAi	ɤɐi	tsʰjuo	dzʰjei	juoŋ
14-3	見	買	若	耶	溪	水	劍
擬音	kiɛn	mæi	ȵjak	ja	kʰiɛi	ɕjuei	kjuɐm
14-4	明	朝	歸	去	事	猿	公
擬音	mjɐŋ	ȶjæu	kjuəi	kʰjo	dʒʰi	vjuɐn	kuŋ

14-2-5　取，一讀七庾切，tsʰu，清母，厚韻。

15.〈南園十三首〉之八

15-1	春	水	初	生	乳	燕	飛
擬音	tɕʰjuen	ɕjuei	tʃʰjo	ʃɐŋ	ȵjuo	ʔiɛn	pjuəi
15-2	黃	蜂	小	尾	撲	花	歸
擬音	ɤuɐŋ	pʰjuoŋ	sjæu	mjuəi	pʰuk	xua	kjuəi
15-3	窗	含	遠	色	通	書	幌
擬音	tʃʰɔŋ	ɤAm	vjuɐn	ʃjək	tʰuŋ	ɕjo	ɤuaŋ
15-4	魚	擁	香	鈎	近	石	磯
擬音	njo	ʔjuoŋ	xjaŋ	ku	gʰjən	zjɐk	kjəi

16.〈南園十三首〉之九

16-1	泉	沙	耎	臥	鴛	鴦	暖
擬音	dzʰjæn	ʃa	ȵjuæn	ŋua	ʔjuɐn	ʔjaŋ	nuan
16-2	曲	岸	迴	篙	舴	艋	遲
擬音	kʰjuok	ŋan	ɤuAi	kau	ȶɐk	mɐŋ	ȡʰjei
16-3	瀉	酒	木	蘭	椒	葉	蓋
擬音	sja	tsju	muk	lan	tsjæu	jæp	kai
16-4	病	容	扶	起	種	菱	絲
擬音	bʰjɐŋ	juoŋ	bʰjuo	kʰi	tɕjuoŋ	ljəŋ	si

16-2-5　舴，又側伯切，tʃɐk，莊母，陌韻。

17.〈南園十三首〉之十

17-1	邊	讓	今	朝	憶	蔡
擬音	piɛn	ȵjaŋ	kjem	ʈjæu	ʔjək	tsʰɑi
17-2	無	心	裁	曲	臥	春
擬音	mjuo	sjem	dzʰɑi	kʰjuok	ŋuɑ	tɕʰjuen
17-3	舍	南	有	竹	堪	書
擬音	ɕja	nʌm	ɣju	ʈjuk	kʰʌm	ɕjo
17-4	老	去	溪	頭	作	釣
擬音	lɑu	kʰjo	kʰiɛi	dʰu	tsɑk	tiɛu

18.〈南園十三首〉之十一

18-1	長	巒	谷	口	倚	嵇	家
擬音	ɖʰjaŋ	luan	kuk	kʰu	ʔjě	ɣiɛi	ka
18-2	白	晝	千	峰	老	翠	華
擬音	bʰɐk	ʈju	tsʰiɛn	pʰjuoŋ	lɑu	tsʰjuei	ɣua
18-3	自	履	藤	鞋	收	石	蜜
擬音	dzʰjei	ljei	dʰəŋ	ɣɐi	ɕju	zjɐk	mjet
18-4	手	牽	苔	絮	長	蒓	花
擬音	ɕju	kʰiɛn	dʰɑi	sjo	ɖʰjaŋ	zjuen	xua

19.〈南園十三首〉之十二

19-1	松	溪	黑	水	新	龍	卵
擬音	zjuoŋ	kʰiɛi	xək	ɕjuei	sjen	ljuoŋ	luan
19-2	桂	洞	生	硝	舊	馬	牙
擬音	kiuɛi	dʰuŋ	ʃaŋ	sjæu	gʰju	ma	ŋa
19-3	誰	為	虞	卿	裁	道	帔
擬音	zjuei	ɣjuě	ŋjuo	kʰjɐŋ	dzʰɑi	dʰɑu	pʰjě
19-4	輕	綃	一	疋	染	朝	霞
擬音	kʰjɐŋ	sjæu	ʔjet	pʰjet	ȵjæm	ʈjæu	ɣa

20.〈南園十三首〉之十三

20-1	小	樹	開	朝	逕
擬音	sjæu	zjuo	kʰɑi	ʈjæu	kiɛŋ

20-2	長	茸	濕	夜	煙
擬音	ɖʰjaŋ	ȵjuoŋ	ɕjep	ja	ʔiɛn
20-3	柳	花	驚	雪	浦
擬音	lju	xua	kjɐŋ	sjuæt	pʰuo
20-4	菱	雨	漲	溪	田
擬音	ljəŋ	vjuo	ȶjaŋ	kʰiɛi	dʰiɛn
20-5	古	刹	疏	鐘	度
擬音	kuo	tʃʰat	ʃjo	tɕjuoŋ	dʰuo
20-6	遙	嵐	破	月	懸
擬音	jæu	lΛm	pʰuɑ	ȵjuɐt	viuɛn
20-7	沙	頭	敲	石	火
擬音	ʃa	dʰu	kʰau	zjɐk	xuɑ
20-8	燒	竹	照	漁	船
擬音	ɕjæu	ȶjuk	tɕjæu	ŋjo	dzʰjuæn

21.〈馬詩二十三首〉之一

21-1	龍	脊	貼	連	錢
擬音	ljuoŋ	tsjɐk	tʰiɛp	ljæn	dzʰjæn
21-2	銀	蹄	白	踏	煙
擬音	ŋjěn	dʰiɛi	bʰɐk	tʰΛp	ʔiɛn
21-3	無	人	織	錦	韂
擬音	mjuo	ȵjen	tɕjək	kjem	tɕʰjæm
21-4	誰	為	鑄	金	鞭
擬音	zjuei	vjuě	tɕjuo	kjem	pjæn

22.〈馬詩二十三首〉之二

22-1	臘	月	草	根	甜
擬音	lap	ŋjuɐt	tsʰau	kən	dʰiɛm
22-2	天	街	雪	似	鹽
擬音	tʰiɛn	kæi	sjuæt	zi	jæm
22-3	未	知	口	硬	軟
擬音	mjuəi	ȶje	kʰu	ŋæŋ	ȵjuæn

22-4	先	擬	蕀	藜	唈
擬音	siɛn	ŋi	dzʰjet	ljei	ɣam

22-2-2　街，一從皆韻，義同。古諧切，kɐi，見母，皆韻。

23.〈馬詩二十三首〉之三

23-1	忽	憶	周	天	子
擬音	xuət	ʔjək	tɕju	tʰiɛn	tsi
23-2	驅	車	上	玉	崑
擬音	kʰjuo	kjo	zjaŋ	ŋjuok	kuən
23-3	鳴	驪	辭	鳳	苑
擬音	mjɐŋ	tʃju	zi	bʰuŋ	ʔjuɐn
23-4	赤	驥	最	承	恩
擬音	tɕʰjɐk	kjěi	tsuɑi	zjəŋ	ʔən

23-2-2　車，又尺遮切，tɕʰja，昌母，麻韻。

24.〈馬詩二十三首〉之四

24-1	此	馬	非	凡	馬
擬音	tsʰje	ma	pjuɐi	bʰjuɐm	ma
24-2	房	星	是	本	星
擬音	bʰjuɑŋ	siɛŋ	zje	puən	siɛŋ
24-3	向	前	敲	瘦	骨
擬音	xjaŋ	dzʰiɛn	kʰau	ʃju	kuət
24-4	猶	自	帶	銅	聲
擬音	ju	dzʰjei	tɑi	dʰuŋ	ɕjɐŋ

25.〈馬詩二十三首〉之五

25-1	大	漠	沙	如	雪
擬音	dʰɑi	mak	ʃa	ɲjo	sjuæt
25-2	燕	山	月	似	鉤
擬音	ʔiɛn	ʃæn	ŋjuɐt	zi	ku
25-3	何	當	金	絡	腦
擬音	ɣɑ	taŋ	kjem	lak	nɑu
25-4	快	走	踏	清	秋
擬音	kʰuai	tsu	tʰɐp	tsʰjɐŋ	tsʰju

26.〈馬詩二十三首〉之六

26-1	飢	臥	骨	查	牙
擬音	kjĕi	ŋua	kuət	dʒʰa	ŋa
26-2	麤	毛	刺	破	花
擬音	tsʰuo	mau	tsʰjɛk	pʰua	xua
26-3	鬣	焦	朱	色	落
擬音	ljæp	tsjæu	tɕjuo	ʃjək	lak
26-4	髮	斷	鋸	長	麻
擬音	pjuɐt	tuan	kjo	dʰjaŋ	ma

26-2-3　刺，一讀去聲七賜切，義同，tsʰje，清母，寘韻。

26-4-2　斷，又徒管切，dʰuan，定母，緩韻。

27.〈馬詩二十三首〉之七

27-1	西	母	酒	將	闌
擬音	siɛi	mu	tsju	tsjaŋ	lan
27-2	東	王	飯	已	乾
擬音	tuŋ	vjuaŋ	bʰjuɐn	i	kan
27-3	君	王	若	燕	去
擬音	kjuən	vjuaŋ	ȵjak	ʔiɛn	kʰjo
27-4	誰	為	拽	車	轅
擬音	zjuɛi	vjuĕ	jæi	tɕʰja	vjuɐn

27-4-4　車，又九魚切，kjo，見母，魚韻。

28.〈馬詩二十三首〉之八

28-1	赤	兔	無	人	用
擬音	tɕʰjɛk	tʰuo	mjuo	ȵjen	juoŋ
28-2	當	須	呂	布	騎
擬音	taŋ	sjuo	ljo	puo	gʰjĕ
28-3	吾	聞	果	下	馬
擬音	ŋuo	mjuən	kua	ɤa	ma
28-4	驪	策	任	蠻	兒
擬音	kjĕ	tʃʰæk	ȵjem	man	ȵje

29.〈馬詩二十三首〉之九

29-1	颼	叔	死	匆	匆
擬音	lju	ɕjuk	sjei	tsʰuŋ	tsʰuŋ
29-2	如	今	不	豢	龍
擬音	ȵjo	kjem	pjuət	ɣuan	ljuoŋ
29-3	夜	來	霜	壓	棧
擬音	ja	lʌi	ʃjɑŋ	ʔap	dʒʰjæn
29-4	駿	骨	折	西	風
擬音	tsjuen	kuət	zjæt	siɛi	pjuŋ

30.〈馬詩二十三首〉之十

30-1	催	榜	渡	烏	江
擬音	tsʰuʌi	pɐŋ	dʰuo	ʔuo	kɔŋ
30-2	神	騅	泣	向	風
擬音	dʐʰjen	tɕjuei	kʰjep	xjɑŋ	pjuŋ
30-3	君	王	今	解	劍
擬音	kjuən	ɣjuaŋ	kjem	kæi	kjʉɐm
30-4	何	處	逐	英	雄
擬音	ɣɑ	tɕʰjo	dʰjuk	ʔjɐŋ	ɣjuŋ

31.〈馬詩二十三首〉之十一

31-1	內	馬	賜	宮	人
擬音	nuʌi	ma	sje	kjuŋ	ȵjen
31-2	銀	韉	刺	麒	麟
擬音	ŋjĕn	tsiɛn	tsʰje	gʰi	ljen
31-3	午	時	鹽	坂	上
擬音	ŋuo	zi	jæm	pjʉɐn	zjɑŋ
31-4	蹭	蹬	溢	風	塵
擬音	tsʰəŋ	dʰəŋ	kʰʌp	pjuŋ	dʰjen

31-2-3　刺，一讀入聲七跡切，義同，tsʰjɛk，清母，昔韻。

32. 〈馬詩二十三首〉之十二

32-1	批	竹	初	攢	耳
擬音	pʰiɛi	ȶjuk	tʃʰjo	dzʰuan	n̩i
32-2	桃	花	未	上	身
擬音	dʰɑu	xua	mjuəi	zjaŋ	ɕjen
32-3	他	時	須	攬	陣
擬音	tʰɑ	ʑi	sjuo	kau	ɖʰjen
32-4	牽	去	借	將	軍
擬音	kʰiɛn	kʰjo	tsja	tsjaŋ	kjuən

33. 〈馬詩二十三首〉之十三

33-1	寶	玦	誰	家	子
擬音	pɑu	kiuɛt	zjuei	ka	tsi
33-2	長	聞	俠	骨	香
擬音	ɖʰjaŋ	mjuən	ɣiɛp	kuət	xjaŋ
33-3	堆	金	買	駿	骨
擬音	tuʌi	kjem	mæi	tsjuen	kuət
33-4	將	送	楚	襄	王
擬音	tsjaŋ	suŋ	tʃʰjo	sjaŋ	ɣjuaŋ

34. 〈馬詩二十三首〉之十四

34-1	香	襆	赭	羅	新
擬音	xjaŋ	bʰjuok	tɕja	la	sjen
34-2	盤	龍	蹙	鐙	鱗
擬音	bʰuan	ljuoŋ	tsjuk	təŋ	ljen
34-3	廻	看	南	陌	上
擬音	ɣuʌi	kʰan	nʌm	mɐk	zjaŋ
34-4	誰	道	不	逢	春
擬音	zjuei	dʰɑu	pjuət	bʰjuoŋ	tɕʰjuen

35. 〈馬詩二十三首〉之十五

35-1	不	從	桓	公	獵
擬音	pjuət	dzʰjuoŋ	ɣuan	kuŋ	ljæp

35-2	何	能	伏	虎	威
擬音	ɣɑ	nəŋ	bʰjuk	xuo	ʔjuɐi
35-3	一	朝	溝	隴	出
擬音	ʔjet	ȶjæu	ku	ljuoŋ	tɕʰjuet
35-4	看	取	拂	雲	飛
擬音	kʰɑn	tsʰjuo	pʰjuət	vjuən	pjuəi

35-3-5　出，一讀去聲尺類切，tɕʰjuei，昌母，至韻。

35-4-2　取，一讀七庾切，tsʰu，清母，厚韻。

36. 〈馬詩二十三首〉之十六

36-1	唐	劍	斬	隋	公
擬音	dʰɑŋ	kjuɐm	tʃɐm	zjue	kuŋ
36-2	拳	毛	屬	太	宗
擬音	gʰjuæn	mɑu	zjuok	tʰɑi	tsuoŋ
36-3	莫	嫌	金	甲	重
擬音	mɑk	ɣiɛm	kjem	kɑp	ɖʰjuoŋ
36-4	且	去	捉	飂	風
擬音	tsʰja	kʰjo	tʃɔk	zjuæn	pjuŋ

36-3-5　重，有上、去二讀，義同。

37. 〈馬詩二十三首〉之十七

37-1	白	鐵	剉	青	禾
擬音	bʰɐk	tʰiet	tsʰuɑ	tsʰiɛŋ	ɣuɑ
37-2	砧	間	落	細	莎
擬音	ȶjem	kæn	lɑk	siɛi	suɑ
37-3	世	人	憐	小	頸
擬音	ɕjæi	ȵjen	liɛn	sjæu	kjeŋ
37-4	金	埒	畏	長	牙
擬音	kjem	ljuæt	ʔjuɐi	ɖʰjaŋ	ŋa

38. 〈馬詩二十三首〉之十八

38-1	伯	樂	向	前	看
擬音	pɐk	lɑk	xjaŋ	dzʰiɛn	kʰɑn

38-2	旋	毛	在	腹	間
擬音	zjuæn	mɑu	dzʰAi	pjuk	kæn
38-3	衹	今	掊	白	草
擬音	tɕje	kjem	bʰu	bʰɐk	tsʰɑu
38-4	何	日	驀	青	山
擬音	ɣɑ	ȵjet	mɐk	tsʰiɐn	ʃæn

39.〈馬詩二十三首〉之十九

39-1	蕭	寺	馱	經	馬
擬音	siɐu	zi	dʰɑ	kiɐŋ	ma
39-2	元	從	竺	國	來
擬音	ŋjuɐn	dzʰjuoŋ	ȶjuk	kuɐk	lAi
39-3	空	知	有	善	相
擬音	kʰuŋ	ȶje	ɣju	zjæn	sjaŋ
39-4	不	解	走	章	臺
擬音	pjuɐt	ɣæi	tsu	tɕjaŋ	dʰAi

40.〈馬詩二十三首〉之二十

40-1	重	圍	如	燕	尾
擬音	ȡʰjuoŋ	ɣjuɐi	ȵjo	ʔiɐn	mjuɐi
40-2	寶	劍	似	魚	腸
擬音	pɑu	kjuɐm	zi	ŋjo	ȡʰjaŋ
40-3	欲	求	千	里	腳
擬音	juok	gʰju	tsʰiɐn	li	kjak
40-4	先	采	眼	中	光
擬音	siɐn	tsʰAi	ŋæn	ȶjuŋ	kuɑŋ

40-1-1　重，有上、去二讀，義同。

44.〈昌谷北園新筍四首〉之一

41-1	暫	繫	騰	黃	馬
擬音	dzʰam	kiɛi	dʰəŋ	ɣuɑŋ	ma
41-2	仙	人	上	綵	樓
擬音	sjæn	ȵjen	zjaŋ	tsʰAi	lu

41-3	須	鞭	玉	勒	吏
擬音	sjuo	pjæn	ŋjuok	lək	li
41-4	何	事	謫	高	州
擬音	ɣɑ	dʒʰi	ȶæk	kɑu	tɕju

42.〈馬詩二十三首〉之二十二

42-1	汗	血	到	王	家
擬音	ɣɑn	xiuɛt	tɑu	ɣjuaŋ	kɑ
42-2	隨	鸞	撼	玉	珂
擬音	zjue	luɑn	ɣAm	ŋjuok	kʰɑ
42-3	少	君	騎	海	上
擬音	ɕjæu	kjuən	gʰjě	xAi	zjaŋ
42-4	人	見	是	青	騾
擬音	ȵjen	kiɛn	zje	tsʰieŋ	luɑ

43.〈馬詩二十三首〉之二十三

43-1	武	帝	愛	神	仙
擬音	mjuo	tiɛi	ʔAi	dʑʰjen	sjæn
43-2	燒	金	得	紫	煙
擬音	ɕjæu	kjem	tək	tsje	ʔiɛn
43-3	廄	中	皆	肉	馬
擬音	kju	ȶjuŋ	kɐi	ȵjuk	ma
43-4	不	解	上	青	天
擬音	pjuət	ɣæi	zjaŋ	tsʰieŋ	tʰiɛn

48.〈惱公〉

48-1	宋	玉	愁	空	斷
擬音	suoŋ	ŋjuok	dʒʰju	kʰuŋ	tuɑn
48-2	嬌	嬈	粉	自	紅
擬音	kjǎu	ȵjæu	pjuən	dzʰjei	ɣuŋ
48-3	歌	聲	春	草	露
擬音	kɑ	ɕjeŋ	tɕʰjuen	tsʰɑu	luo

48-4	門	掩	杏	花	叢
擬音	muən	ʔjæm	ɤeŋ	xua	dzʰuŋ
48-5	注	口	櫻	桃	小
擬音	tɕjuo	kʰu	ʔæŋ	dʰau	sjæu
48-6	添	眉	桂	葉	濃
擬音	tʰiɛm	mjĕi	kiuɛi	jæp	njuoŋ
48-7	曉	奩	粧	秀	靨
擬音	xiɛu	ljæm	tʃjaŋ	sju	ʔjæp
48-8	夜	帳	減	香	筒
擬音	ja	ʈjɑŋ	ɤem	xjɑŋ	dʰuŋ
48-9	鈿	鏡	飛	孤	鵲
擬音	dʰiɛn	kjɐŋ	pjuəi	kuo	tsʰjak
48-10	江	圖	畫	水	潢
擬音	kɔŋ	dʰuo	ɤuæi	ɕjuei	ɤuŋ
48-11	陂	陀	梳	碧	鳳
擬音	pʰɑ	dʰɑ	ʃjo	pjɛk	bʰuŋ
48-12	嫋	裊	帶	金	蟲
擬音	ʔiɛu	niɛu	tai	kjem	dʑʰjuŋ
48-13	杜	若	含	清	露
擬音	dʰuo	ȵjak	ɤAm	tsʰjɐŋ	luo
48-14	河	蒲	聚	紫	茸
擬音	ɤa	bʰʰuo	dzʰjuo	tsje	ȵjuoŋ
48-15	月	分	蛾	黛	破
擬音	ŋjuɐt	pjuən	ŋɑ	dʰAi	pʰua
48-16	花	合	靨	朱	融
擬音	xua	ɤAp	ʔjæp	tɕjuo	juŋ
48-17	髮	重	疑	盤	霧
擬音	pjuɐt	dʰjuoŋ	ŋi	bʰuɑn	mjuo
48-18	腰	輕	乍	倚	風
擬音	ʔjæu	kʰjɐŋ	dʒʰa	ʔjĕ	pjuŋ
48-19	密	書	題	豆	蔻
擬音	mjĕt	ɕjo	dʰiɛi	dʰu	xu

48-20	隱	語	笑	芙	蓉
擬音	ʔjən	ŋjo	sjæu	bʰjuo	juoŋ
48-21	莫	鎖	茱	茰	匣
擬音	mɑk	suɑ	zjuo	juo	ɣap
48-22	休	開	翡	翠	籠
擬音	xju	kʰAi	bʰjuəi	tsʰjuei	luŋ
48-23	弄	珠	驚	漢	燕
擬音	luŋ	tɕjuo	kjɛŋ	xan	ʔiɛn
48-24	燒	蜜	引	胡	蜂
擬音	ɕjæu	mjet	jen	ɣuo	pʰjuoŋ
48-25	醉	纈	拋	紅	網
擬音	tsjuei	ɣiɛt	pʰau	ɣuŋ	mjuɑŋ
48-26	單	羅	挂	綠	蒙
擬音	tɑn	lɑ	kuæi	ljuok	muŋ
48-27	數	錢	教	姹	女
擬音	ʃjuo	dzʰjæn	kau	ʈa	njo
48-28	買	藥	問	巴	賨
擬音	mæi	jɑk	mjuən	pa	dzʰuoŋ
48-29	勻	臉	安	斜	雁
擬音	juen	lɛm	ʔɑn	zja	ŋan
48-30	移	燈	想	夢	熊
擬音	je	təŋ	sjɑŋ	mjuŋ	ɣjuŋ
48-31	腸	攢	非	束	竹
擬音	ḍʰjɑŋ	dzʰuan	pjuəi	ɕjuok	ʈjuk
48-32	胘	急	是	張	弓
擬音	ɣiɛn	kjep	zje	ʈjɑŋ	kjuŋ
48-33	晚	樹	迷	新	蝶
擬音	mjuɐn	zjuo	miɛi	sjen	dʰiɛp
48-34	殘	蜺	憶	斷	虹
擬音	dzʰan	ŋiɛi	ʔjək	tuan	ɣuŋ
48-35	古	時	塡	渤	澥
擬音	kuo	zi	dʰiɛn	bʰuət	ɣæi

48-36	今	日	鑿	崆	峒
擬音	kjem	ȵjet	dzʰak	kʰuŋ	dʰuŋ
48-37	綉	沓	褰	長	幔
擬音	sju	dʰAp	kʰjæn	ɖʰjaŋ	muan
48-38	羅	裙	結	短	封
擬音	la	gʰjuən	kiɛt	tuan	pjuoŋ
48-39	心	搖	如	舞	鶴
擬音	sjem	jæu	ȵjo	mjuo	ɣak
48-40	骨	出	似	飛	龍
擬音	kuət	tɕʰjuet	zi	pjuəi	ljuoŋ
48-41	井	檻	淋	清	漆
擬音	tsjɛŋ	ɣam	ljem	tsʰjɛŋ	tsʰjet
48-42	門	鋪	綴	白	銅
擬音	muən	pʰuo	ȶjuæi	bʰɐk	dʰuŋ
48-43	限	花	開	兔	徑
擬音	ʔuAi	xua	kʰAi	tʰuo	kieŋ
48-44	向	壁	印	狐	蹤
擬音	xjaŋ	piek	ʔjen	ɣuo	tsjuoŋ
48-45	玳	瑁	釘	簾	薄
擬音	dʰAi	muAi	tieŋ	ljæm	bʰak
48-46	琉	璃	疊	扇	烘
擬音	lju	lje	dʰiɛp	ɕjæn	xuŋ
48-47	象	牀	緣	素	柏
擬音	zjaŋ	dʒʰjaŋ	juæn	suo	pɐk
48-48	瑤	席	卷	香	葱
擬音	jæu	zjɛk	kjuæn	xjaŋ	tsʰuŋ
48-49	細	管	吟	朝	幌
擬音	siei	kuan	ŋjem	ȶjæu	ɣuaŋ
48-50	芳	醪	落	夜	楓
擬音	pʰjuaŋ	lau	lak	ja	pjuŋ
48-51	宜	男	生	楚	巷
擬音	ŋjĕ	nAm	ʃɐŋ	tʃʰjo	ɣɔŋ

48-52	梔	子	發	金	墉
擬音	tɕje	tsi	pjuɐt	kjem	juoŋ
48-53	龜	甲	開	屏	澀
擬音	kjuěi	kap	kʰAi	bʰieŋ	ʃjep
48-54	鵝	毛	滲	墨	濃
擬音	ŋa	mɑu	ʃjem	mək	njuoŋ
48-55	黃	庭	留	衛	瓘
擬音	ɣuaŋ	dʰieŋ	lju	ɣjuěi	kuan
48-56	綠	樹	養	韓	馮
擬音	ljuok	zjuo	jaŋ	ɣan	bʰjuŋ
48-57	雞	唱	星	懸	柳
擬音	kiɛi	tɕʰjaŋ	sieŋ	ɣiuɛn	lju
48-58	鴉	啼	露	滴	桐
擬音	ʔa	dʰiɛi	luo	tiek	dʰuŋ
48-59	黃	娥	初	出	座
擬音	ɣuaŋ	ŋa	tʃʰjo	tɕʰjuet	dzʰua
48-60	寵	妹	始	相	從
擬音	tʰjuoŋ	muAi	ɕi	sjaŋ	dzʰjuoŋ
48-61	蠟	淚	垂	蘭	爐
擬音	lap	ljuei	zjue	lan	zjen
48-62	秋	蕪	掃	綺	櫳
擬音	tsʰju	mjuo	sɑu	kʰjě	luŋ
48-63	吹	笙	翻	舊	引
擬音	tɕʰjue	ʃɐŋ	pʰjuɐn	gʰju	jen
48-64	沽	酒	待	新	豐
擬音	kuo	tsju	dʰAi	sjen	pʰjuŋ
48-65	短	佩	愁	塡	粟
擬音	tuan	bʰuAi	dʒʰju	dʰiɛn	sjuok
48-66	長	絃	怨	削	菘
擬音	ɖʰjaŋ	ɣiɛn	ʔjuɐn	sjak	sjuŋ
48-67	曲	池	眠	乳	鴨
擬音	kʰjuok	ɖʰje	miɛn	ȵjuo	ʔap

48-68	小	閣	睡	娃	僮
擬音	sjæu	kɑk	zjue	ʔæi	dʰuŋ
48-69	褥	縫	篸	雙	綫
擬音	ȵjuok	bʰjuoŋ	tsʌm	ʃɔŋ	sjæn
48-70	鉤	縧	辮	五	總
擬音	ku	tʰɑu	bʰiɛn	ŋuo	tsuŋ
48-71	蜀	煙	飛	重	錦
擬音	zjuok	ʔiɛn	pjuəi	ȡʰjuoŋ	kjem
48-72	峽	雨	濺	輕	容
擬音	ɣɐp	vjuo	tsjæn	kʰjɛŋ	juoŋ
48-73	拂	鏡	羞	溫	嶠
擬音	pʰjuət	kjɐŋ	sju	ʔuən	gʰjæu
48-74	熏	香	避	賈	充
擬音	xjuən	ʔjəi	bʰje	ka	tɕʰjuŋ
48-75	魚	生	玉	藕	下
擬音	ŋjo	ʃɐŋ	ȵjuok	ŋu	ɣa
48-76	人	在	石	蓮	中
擬音	ȵjen	dzʰʌi	zjɐk	liɛn	ȶjuŋ
48-77	含	水	彎	娥	翠
擬音	ɣʌm	ɕjuei	ʔuan	ŋɑ	tsʰjuei
48-78	登	樓	潵	馬	鬘
擬音	təŋ	lu	suən	ma	tsuŋ
48-79	使	君	居	曲	陌
擬音	ʃi	kjuən	kjo	kʰjuok	mɐk
48-80	園	令	住	臨	卬
擬音	vjuɐn	ljɐŋ	ȡʰjuo	ljem	gʰjuoŋ
48-81	桂	火	流	蘇	暖
擬音	kiuɛi	xua	lju	suo	nuan
48-82	金	爐	細	炷	通
擬音	kjem	luo	siɛi	tɕjuo	tʰuŋ
48-83	春	遲	王	子	態
擬音	tɕʰjuen	ȡʰjei	vjuɑŋ	tsi	tʰʌi

48-84	鶯	囀	謝	娘	慵
擬音	ʔæŋ	ȶjuæn	zja	njaŋ	ʑjuoŋ
48-85	玉	漏	三	星	曙
擬音	ŋjuok	lu	sam	sieŋ	ʑjo
48-86	銅	街	五	馬	逢
擬音	dʰuŋ	kæi	ŋuo	ma	bʰjuoŋ
48-87	犀	株	防	膽	怯
擬音	siɛi	ȶjuo	bʰjuaŋ	tam	kʰjɐp
48-88	銀	液	鎮	心	松
擬音	ŋjěn	jɛk	ȶjen	sjem	tɕjuoŋ
48-89	跳	脫	看	年	命
擬音	dʰiɛu	dʰuɑt	kʰan	nien	mjɐŋ
48-90	琵	琶	道	吉	凶
擬音	bʰjei	bʰa	dʰau	kjet	xjuoŋ
48-91	王	時	應	七	夕
擬音	vjuaŋ	ʑi	ʔjəŋ	tsʰjet	zjɛk
48-92	夫	位	在	三	宮
擬音	pjuo	vjei	dzʰAi	sam	kjuŋ
48-93	無	力	塗	雲	母
擬音	mjuo	ljək	dʰuo	vjuən	mu
48-94	多	方	帶	藥	翁
擬音	tɑ	pjuaŋ	tai	jak	ʔuŋ
48-95	符	因	青	鳥	送
擬音	bʰjuo	ʔjen	tsʰieŋ	tiɛu	suŋ
48-96	囊	用	絳	紗	縫
擬音	naŋ	juoŋ	kɔŋ	ʃa	bʰjuoŋ
48-97	漢	苑	尋	官	柳
擬音	xɑn	ʔjuɐn	zjem	kuɑn	lju
48-98	河	橋	閣	禁	鐘
擬音	ɣɑ	gʰjæu	ŋAi	kjem	tɕjuoŋ
48-99	月	明	中	婦	覺
擬音	ŋjuɐt	mjɐŋ	ȶjuŋ	bʰju	kau

48-100	應	笑	畫	堂	空
擬音	ʔjən	sjæu	ɣuæi	dʰaŋ	kʰuŋ

48-1-5、48-34-4 　斷，又徒管切，dʰuan，定母，緩韻。

48-14-3 　聚，有上、去二讀，義同。

48-17-2、48-71-4 　重，有上、去二讀，義同。

48-40-2、48-59-4 　出，一讀去聲尺類切，tɕʰjuei，昌母，至韻。

48-46-5 　烘，又戶公切，ɣuŋ，匣母，東韻。

48-72-3 　濺，又作甸切，tsiɛn，精母，霰韻。

48-82-4 　炷，有上、去二讀，義同。

48-86-2 　街，一從皆韻，義同。古諧切，kɐi，見母，皆韻。

49.〈三月過行宮〉

49-1	渠	水	紅	蘩	擁	御	牆
擬音	gʰjo	ɕjuei	ɣuŋ	bʰjuɐn	ʔjuoŋ	ŋjo	dzʰjaŋ
49-2	風	嬌	小	葉	學	娥	粧
擬音	pjuŋ	kjæu	sjæu	jæp	ɣɔk	ŋa	tʃjaŋ
49-3	垂	簾	幾	度	青	春	老
擬音	zjue	ljæm	kjəi	dʰuo	tsʰiɛŋ	tɕʰjuen	lau
49-4	堪	鎖	千	年	白	日	長
擬音	kʰAm	sua	tsʰiɛn	niɛn	bʰɐk	ɳjet	dʰjaŋ

50.〈送秦光祿北征〉

50-1	北	虜	膠	堪	折
擬音	pək	luo	kau	kʰAm	tɕjæt
50-2	秋	沙	亂	曉	蠡
擬音	tsʰju	ʃa	luan	xiɐu	bʰiɛi
50-3	髯	胡	頻	犯	塞
擬音	ɳjæm	ɣuo	bʰjen	bʰjuɐm	sAi
50-4	驕	氣	似	橫	霓
擬音	kjæu	kʰjəi	zi	ɣuɐŋ	ŋiɛi

50-5	灞	水	樓	船	渡
擬音	pa	ɕjuei	lu	dʐʰjuæn	dʰuo
50-6	營	門	細	柳	開
擬音	juɛŋ	muən	siɛi	lju	kʰAi
50-7	將	軍	馳	白	馬
擬音	tsjɑŋ	kjuən	ɖʰje	bʰɐk	ma
50-8	豪	彥	騁	雄	材
擬音	ɣɑu	ŋjæn	tʰjɐŋ	ɣjuŋ	dzʰAi
50-9	箭	射	欃	槍	落
擬音	tsjæn	dʑʰjɛk	dʒʰɐm	tsʰjɑŋ	lak
50-10	旗	懸	日	月	低
擬音	gʰi	ɣiuɛn	ȵjet	ŋjuɐt	tiɛi
50-11	榆	稀	山	易	見
擬音	juo	xjəi	ʃæn	je	kiɛn
50-12	甲	重	馬	頻	嘶
擬音	kap	ɖʰjuoŋ	ma	bʰjen	siɛi
50-13	天	遠	星	光	沒
擬音	tʰiɛn	ɣjuɐn	siɛŋ	kuɑŋ	muɐt
50-14	沙	平	草	葉	齊
擬音	ʃa	bʰjɐŋ	tsʰɑu	jæp	dzʰiɛi
50-15	風	吹	雲	路	火
擬音	pjuŋ	tɕʰjue	ɣjuən	luo	xuɑ
50-16	雪	汙	玉	關	泥
擬音	sjuæt	ʔuo	ŋjuok	kuan	niɛi
50-17	屢	斷	呼	韓	頸
擬音	ljuo	tuɑn	xuo	ɣɑn	kjɛŋ
50-18	曾	燃	董	卓	臍
擬音	dzʰəŋ	ȵjæn	tuŋ	ʈɔk	dzʰiɛi
50-19	太	常	猶	舊	寵
擬音	tʰɑi	zjɑŋ	ju	gʰju	tʰjuoŋ

50-20	光	祿	是	新	隋
擬音	kuɑŋ	luk	zje	sjen	tsiɛi
50-21	寶	玦	麒	麟	起
擬音	pɑu	kiuɛt	gʰi	ljen	kʰi
50-22	銀	壺	狒	狖	啼
擬音	ŋĕn	ɣuo	bʰjuəi	ju	dʰiɛi
50-23	桃	花	連	馬	發
擬音	dʰɑu	xua	ljæn	ma	pjuɐt
50-24	綵	絮	撲	鞍	來
擬音	tsʰʌi	sjo	pʰuk	ʔan	lʌi
50-25	呵	臂	懸	金	斗
擬音	xɑ	pje	ɣiuɛn	kjem	tu
50-26	當	唇	注	玉	罍
擬音	tɑŋ	dʐʰjuen	tɕjuo	ŋjuok	luʌi
50-27	清	蘇	和	碎	蟣
擬音	tsʰjɛŋ	suo	ɣua	suʌi	kjəi
50-28	紫	膩	卷	浮	盃
擬音	tsje	njei	kjuɐn	bʰju	puʌi
50-29	虎	鞹	先	蒙	馬
擬音	xuo	kʰuɑk	sien	muŋ	ma
50-30	魚	腸	且	斷	犀
擬音	ŋjo	dʰjɑŋ	tsʰja	tuɑn	siɛi
50-31	趁	趨	西	旅	狗
擬音	tsʰʌm	dʰʌm	siɛi	ljo	ku
50-32	蹙	頞	北	方	奚
擬音	tsjuk	ʔɑt	pək	pjuɑŋ	ɣiɛi
50-33	守	帳	然	香	暮
擬音	ɕju	ȶjɑŋ	ȵjæn	xjɑŋ	muo
50-34	看	鷹	永	夜	棲
擬音	kʰan	ʔjəŋ	ɣjuɐŋ	ja	siɛi

50-35	黃	龍	就	別	鏡
擬音	ɣuaŋ	ljuoŋ	dzʰju	bʰjæt	kjɛŋ
50-36	青	冢	念	陽	臺
擬音	tsʰieŋ	tjuoŋ	niem	jaŋ	dʰAi
50-37	周	處	長	橋	役
擬音	tɕju	tɕʰjo	dʰjaŋ	gʰjæu	juek
50-38	侯	調	短	弄	哀
擬音	ɣu	dʰieu	tuan	luŋ	ʔAi
50-39	錢	塘	階	鳳	羽
擬音	dzʰjæn	dʰaŋ	kɐi	bʰuŋ	ɣjuo
50-40	正	室	擘	鸞	釵
擬音	tɕjeŋ	ɕjet	pæk	luan	tʃʰæi
50-41	內	子	攀	琪	樹
擬音	nuAi	tsi	pʰan	gʰi	zjuo
50-42	羌	兒	奏	落	梅
擬音	kʰjaŋ	ȵje	tsu	lak	muAi
50-43	今	朝	擎	劍	去
擬音	kjem	tjæu	gʰjɐŋ	kjuɐm	kʰjo
50-44	何	日	刺	蛟	迴
擬音	ɣa	ȵjet	tsʰje	kau	ɣuAi

50-12-2　重，有上、去二讀，義同。

50-17-2、50-30-4　斷，又徒管切，dʰuan，定母，緩韻。

50-39-5　羽，有上、去二讀，義同。

50-44-3　刺，一讀入聲七跡切，義同，tsʰjɛk，清母，昔韻。

51.〈酬荅二首〉之一

51-1	金	魚	公	子	夾	衫	長
擬音	kjem	ŋjo	kuŋ	tsi	kɐp	ʃam	dʰjaŋ
51-2	密	裝	腰	輕	割	玉	方
擬音	mjĕt	tʃjaŋ	ʔjæu	tʰieŋ	kat	ŋjuok	pjuaŋ
51-3	行	處	春	風	隨	馬	尾
擬音	ɣɐŋ	tɕʰjo	tɕʰjuen	pjuŋ	zjue	ma	mjuəi

51-4	柳	花	偏	打	內	家	香
擬音	lju	xua	pʰjæn	tɐŋ	nuAi	ka	xjɑŋ

52.〈酬荅二首〉之二

52-1	雍	州	二	月	海	池	春
擬音	ʔjuoŋ	tɕju	n̠jei	ŋjuɐt	xAi	dʰje	tɕʰjuen
52-2	御	水	鷄	鶒	暖	白	蘋
擬音	ŋjo	ɕjuei	kau	tsjɛŋ	nuan	bʰɐk	bʰjen
52-3	試	問	酒	旗	歌	板	地
擬音	ɕi	mjuən	tsju	gʰi	ka	pan	dʰjei
52-4	今	朝	誰	是	拗	花	人
擬音	kjem	ȶjæu	zjuei	zje	ʔau	xua	n̠jen

53.〈畫角東城〉

53-1	河	轉	曙	蕭	蕭
擬音	ɣɑ	ȶjuæn	zjo	siɛu	siɛu
53-2	鴉	飛	睥	睨	高
擬音	ʔa	pjuɐi	pʰiɛi	ŋiɛi	kau
53-3	帆	長	標	越	甸
擬音	bʰjuɐm	dʰjaŋ	pjæu	ɣjuɐt	dʰiɛn
53-4	壁	冷	挂	吳	刀
擬音	piek	lɐŋ	kuæi	ŋuo	tau
53-5	淡	茉	生	寒	日
擬音	dʰam	tsʰAi	ʃɐŋ	ɣan	n̠jet
53-6	鱺	魚	潠	白	濤
擬音	n̠i	ŋjo	suən	bʰɐk	dʰau
53-7	水	花	霑	抹	額
擬音	ɕjuei	xua	ȶjæm	muat	ŋɐk
53-8	旗	鼓	夜	迎	潮
擬音	gʰi	kuo	ja	ŋjɐŋ	dʰjæu

53-5-1　淡，有上、去二讀，義同。

54.〈謝秀才有妾縞練改從於人秀才留之不得後生感憶座人製詩嘲誚賀復繼四首〉之三

54-1	洞	房	思	不	禁
擬音	dʰuŋ	bʰjuɑŋ	si	pjuət	kjem
54-2	蜂	子	作	花	心
擬音	pʰjuoŋ	tsi	tsak	xua	sjem
54-3	灰	暖	殘	香	炷
擬音	xuʌi	nuan	dzʰan	xjɑŋ	tɕjuo
54-4	髮	冷	青	蟲	簪
擬音	pjuɐt	lɐŋ	tsʰieŋ	dʰjuŋ	tʃjem
54-5	夜	遙	燈	焰	短
擬音	ja	jæu	təŋ	jæm	tuan
54-6	睡	熟	小	屏	深
擬音	zjue	zjuk	sjæu	bʰieŋ	ɕjem
54-7	好	作	鴛	鴦	夢
擬音	xau	tsak	ʔjuɐn	ʔjɑŋ	mjuŋ
54-8	南	城	罷	擣	碪
擬音	nʌm	zjɐŋ	bʰæi	tau	ʈjem

54-3-5　炷，有上、去二讀，義同。

55.〈謝秀才有妾縞練改從於人秀才留之不得後生感憶座人製詩嘲誚賀復繼四首〉之四

55-1	尋	常	輕	宋	玉
擬音	zjem	zjɑŋ	kʰjɐŋ	suoŋ	ŋjuok
55-2	今	日	嫁	文	鴦
擬音	kjem	ɲjet	ka	mjuən	ʔjɑŋ
55-3	戟	幹	橫	龍	簴
擬音	kjɐk	kan	ɣuɐŋ	ljuoŋ	gʰjo
55-4	刀	環	倚	桂	窗
擬音	tau	ɣuan	ʔjě	kiuɛi	tʃʰɔŋ

55-5	邀	人	裁	半	袖
擬音	ʔjæu	ȵjen	dzʰAi	puan	zju
55-6	端	坐	據	胡	牀
擬音	tuan	dzʰuɑ	kjo	ɣuo	dʒʰjaŋ
55-7	淚	濕	紅	輪	重
擬音	ljuei	ɕjep	ɣuŋ	ljuen	dʰjuoŋ
55-8	栖	烏	上	井	梁
擬音	siɛi	ʔuo	zjaŋ	tsjɛŋ	ljaŋ

55-7-5　重，有上、去二讀，義同。

56.〈昌谷讀書示巴童〉

56-1	蟲	響	燈	光	薄
擬音	dʰjuŋ	xjaŋ	təŋ	kuaŋ	bʰak
56-2	宵	寒	藥	氣	濃
擬音	sjæu	ɣan	jak	kʰjəi	njuoŋ
56-3	君	憐	垂	翅	客
擬音	kjuən	liɛn	zjue	ɕje	kʰɐk
56-4	辛	苦	尙	相	從
擬音	sjen	kʰuo	zjaŋ	sjaŋ	dzʰjuoŋ

57.〈巴童荅〉

57-1	巨	鼻	宜	山	褐
擬音	gʰjo	bʰjei	ŋjě	ʃæn	ɣat
57-2	厖	眉	入	苦	吟
擬音	mɔŋ	mjěi	ȵjep	kʰuo	ŋjem
57-3	非	君	唱	樂	府
擬音	pjuəi	kjuən	tɕʰjaŋ	ŋɔk	pjuo
57-4	誰	識	怨	秋	深
擬音	zjuei	ɕjək	ʔjuɐn	tsʰju	ɕjem

58.〈莫種樹〉

58-1	園	中	莫	種	樹
擬音	ɣjuɐn	ȶjuŋ	mak	tɕjuoŋ	zjuo

58-2	種	樹	四	時	愁
擬音	tɕjuoŋ	zjuo	sjei	zi	dʒʰju
58-3	獨	睡	南	牀	月
擬音	dʰuk	zjue	nʌm	dʒʰjaŋ	ŋjuɐt
58-4	今	秋	似	去	秋
擬音	kjem	tsʰju	zi	kʰjo	tsʰju

59.〈追賦畫江潭苑四首〉之一

59-1	吳	苑	曉	蒼	蒼
擬音	ŋuo	ʔjuɐn	xiɛu	tsʰɑŋ	tsʰɑŋ
59-2	宮	衣	水	濺	黃
擬音	kjuŋ	ʔjəi	ɕjuei	tsjæn	ɣuɑŋ
59-3	小	鬟	紅	粉	薄
擬音	sjæu	ɣuan	ɣuŋ	pjuən	bʰak
59-4	騎	馬	珮	珠	長
擬音	gʰjě	ma	bʰuAi	tɕjuo	dʰjaŋ
59-5	路	指	臺	城	迴
擬音	luo	tɕjei	dʰAi	zjɐŋ	ɣiuɐŋ
59-6	羅	薰	袴	褶	香
擬音	la	xjuən	kʰuo	zjep	xjaŋ
59-7	行	雲	霑	翠	輦
擬音	ɣɐŋ	vjuən	ʈjæm	tsʰjuei	ljæn
59-8	今	日	似	襄	王
擬音	kjem	ɳjet	zi	sjaŋ	ɣjuɑŋ

59-2-4　濺，又作甸切，tsiɛn，精母，霰韻。

60.〈追賦畫江潭苑四首〉之二

60-1	寶	袜	菊	衣	單
擬音	pau	muat	kjuk	ʔjəi	tan
60-2	蕉	花	密	露	寒
擬音	tsjæu	xua	mjět	luo	ɣɑn

60-3	水	光	蘭	澤	葉
擬音	ɕjuei	kuaŋ	lan	dʰɐk	jæp
60-4	帶	重	剪	刀	錢
擬音	tai	dʰjuoŋ	tsjæn	tau	dzʰjæn
60-5	角	暖	盤	弓	易
擬音	kɔk	nuan	bʰuan	kjuŋ	je
60-6	靴	長	上	馬	難
擬音	xjua	dʰjaŋ	zjaŋ	ma	nan
60-7	淚	痕	霑	寢	帳
擬音	ljuei	ɤən	ȶjæm	tsʰjem	ȶjaŋ
60-8	勻	粉	照	金	鞍
擬音	juen	pjuən	tɕjæu	kjem	ʔan

60-4-2　重，有上、去二讀，義同。

61.〈追賦畫江潭苑四首〉之三

61-1	翦	翅	小	鷹	斜
擬音	tsjæn	ɕje	sjæu	ʔjəŋ	zja
61-2	縚	根	玉	鏃	花
擬音	tʰau	kən	ŋjuok	zjuæn	xua
61-3	鞦	垂	粧	鈿	粟
擬音	tsʰju	zjue	tʃjaŋ	dʰiɛn	sjuok
61-4	箭	箙	釘	文	牙
擬音	tsjæn	bʰjuk	tieŋ	mjuən	ŋa
61-5	蜀	蜀	啼	深	竹
擬音	bʰjuəi	bʰjuəi	dʰiɛi	ɕjem	ȶjuk
61-6	鵁	鶄	老	濕	沙
擬音	kau	tsjɛŋ	lau	ɕjep	ʃa
61-7	宮	官	燒	蠟	火
擬音	kjuŋ	kuan	ɕjæu	lap	xua
61-8	飛	燼	汙	鉛	華
擬音	pjuəi	zjen	ʔuo	juæn	ɤua

62. 〈追賦畫江潭苑四首〉之四

62-1	十	騎	簇	芙	蓉
擬音	zjep	gʰjɛ̆	tsʰuk	bʰjuo	juoŋ
62-2	宮	衣	小	隊	紅
擬音	kjuŋ	ʔjəi	sjæu	dʰuAi	ɣuŋ
62-3	練	香	燻	宋	鵲
擬音	liɛn	xjaŋ	xjuɐn	suoŋ	tsʰjak
62-4	尋	箭	踏	盧	龍
擬音	zjem	tsjæn	tʰAp	luo	ljuoŋ
62-5	旗	濕	金	鈴	重
擬音	gʰi	ɕjep	kjem	liɛŋ	ɖʰjuoŋ
62-6	霜	乾	玉	鐙	空
擬音	ʃjaŋ	kan	ŋjuok	təŋ	kʰuŋ
62-7	今	朝	畫	眉	早
擬音	kjem	ȶjæu	ɣuæi	mjĕi	tsau
62-8	不	待	景	陽	鐘
擬音	pjuət	dʰAi	kjɐŋ	jaŋ	tɕjuoŋ

62-5-5　重，有上、去二讀，義同。

63. 〈潞州張大宅病酒遇江使寄上十四兄〉

63-1	秋	至	昭	關	後
擬音	tsʰju	tɕjei	tɕjæu	kuan	ɣu
63-2	當	知	趙	國	寒
擬音	taŋ	ȶje	ɖʰjæu	kuək	ɣan
63-3	繫	書	隨	短	羽
擬音	kiɛi	ɕjo	zjue	tuan	ɣjuo
63-4	寫	恨	破	長	箋
擬音	sja	ɣən	pʰuɑ	ɖʰjaŋ	tsiɛn
63-5	病	客	眠	清	曉
擬音	bʰjɐŋ	kʰɐk	miɛn	tsʰjɐŋ	xiɛu
63-6	踈	桐	墜	綠	鮮
擬音	ʃjo	dʰuŋ	ɖʰjuei	ljuok	sjæn

63-7	城	鴉	啼	粉	堞
擬音	ʑjɐŋ	ʔa	dʱiɛi	pjuən	dʱiɛp
63-8	軍	吹	壓	蘆	煙
擬音	kjuən	tɕʰjue	ʔap	luo	ʔiɛn
63-9	岸	幘	褰	紗	幌
擬音	ŋan	tʃæk	kʰjæn	ʃa	ɣuɑŋ
63-10	枯	塘	臥	折	蓮
擬音	kʰuo	dʱɑŋ	ŋuɑ	ʑjæt	liɛn
63-11	木	窗	銀	跡	畫
擬音	muk	tʃʰɔŋ	ŋjĕn	tsjɛk	ɣuæi
63-12	石	磴	水	痕	錢
擬音	ʑjɛk	təŋ	ɕjuei	ɣən	dzʱjæn
63-13	旅	酒	侵	愁	肺
擬音	ljo	tsju	tsʰjem	dʒʱju	pʰjuɐi
63-14	離	歌	繞	懦	絃
擬音	lje	ka	ȵjæu	nuan	ɣiɛn
63-15	詩	封	兩	條	淚
擬音	ɕi	pjuoŋ	ljaŋ	dʱiɛu	ljuei
63-16	露	折	一	枝	蘭
擬音	luo	tɕjæt	ʔjet	tɕje	lan
63-17	莎	老	沙	雞	泣
擬音	suɑ	lɑu	ʃa	kiɛi	kʰjep
63-18	松	乾	瓦	獸	殘
擬音	ʑjuoŋ	kan	ŋuɑ	ɕju	dzʱan
63-19	覺	騎	燕	地	馬
擬音	kau	gʱjĕ	ʔiɛn	dʱjei	ma
63-20	夢	載	楚	溪	船
擬音	mjuŋ	tsʌi	tʃʰjo	kʰiɛi	dzʱjuæn
63-21	椒	桂	傾	長	席
擬音	tsjæu	kiuɛi	kʰjuɐŋ	ɖʱjaŋ	ʑjɛk
63-22	鱸	魴	斫	玳	筵
擬音	luo	bʱjuaŋ	tɕjak	dʱʌi	jæn

63-23	豈	能	忘	舊	路
擬音	kʰjəi	nəŋ	mjuaŋ	gʰju	luo
63-24	江	島	滯	佳	年
擬音	kɔŋ	tau	ɖʑʰjæi	kæi	niɛn

64.〈王濬墓下作〉

64-1	人	間	無	阿	童
擬音	ȵjen	kæn	mjuo	ʔɑ	dʰuŋ
64-2	猶	唱	水	中	龍
擬音	ju	tɕʰjaŋ	ɕjuei	ȶjuŋ	ljuoŋ
64-3	白	草	侵	煙	死
擬音	bʰɐk	tsʰau	tsʰjem	ʔiɛn	sjei
64-4	秋	藜	遶	地	紅
擬音	tsʰju	liɛi	ȵjæu	dʰjei	ɣuŋ
64-5	古	書	平	黑	石
擬音	kuo	ɕjo	bʰjɐŋ	xək	zjɐk
64-6	神	劍	斷	青	銅
擬音	dzʰjen	kjuɐm	tuan	tsʰiɛn	dʰuŋ
64-7	耕	勢	魚	鱗	起
擬音	kæŋ	ɕjæi	ŋjo	ljen	kʰi
64-8	壙	科	馬	鬣	封
擬音	bʰjuən	kʰua	ma	ljæp	pjuoŋ
64-9	菊	花	垂	濕	露
擬音	kjuk	xua	zjue	ɕjep	luo
64-10	棘	徑	臥	乾	蓬
擬音	kjək	kieŋ	ŋua	kan	bʰuŋ
64-11	松	柏	愁	香	澀
擬音	zjuoŋ	pɐk	dʒʰju	xjaŋ	ʃjep
64-12	南	原	幾	夜	風
擬音	nʌm	ŋjuɐn	kjəi	ja	pjuŋ

64-6-3　斷，又徒管切，dʰuan，定母，緩韻。

65.〈馮小憐〉

65-1	灣	頭	見	小	憐
擬音	ʔuan	dʰu	kiɛn	sjæu	liɛn
65-2	請	上	琵	琶	絃
擬音	tsʰjɐŋ	ʑjaŋ	bʰjei	bʰa	ɣiɛn
65-3	破	得	春	風	恨
擬音	pʰua	tək	tɕʰjuen	pjuŋ	ɣən
65-4	今	朝	直	幾	錢
擬音	kjem	ȶjæu	dʰjək	kjəi	dzʰjæn
65-5	裙	垂	竹	葉	帶
擬音	gʰjuən	ʑjue	ȶjuk	jæp	tɑi
65-6	鬢	濕	杏	花	煙
擬音	pjen	ɕjep	ɣɐŋ	xua	ʔiɛn
65-7	玉	冷	紅	絲	重
擬音	ŋjuok	lɐŋ	ɣuŋ	si	dʰjuoŋ
65-8	齊	宮	妾	駕	鞍
擬音	dzʰiɛi	kjuŋ	tsʰjæp	ka	ʔɑn

65-7-5　重，有上、去二讀，義同。

66.〈釣魚詩〉

66-1	秋	水	釣	紅	渠
擬音	tsʰju	ɕjuei	tiɛu	ɣuŋ	gʰjo
66-2	仙	人	待	素	書
擬音	sjæn	ȵjen	dʰAi	suo	ɕjo
66-3	菱	絲	縈	獨	繭
擬音	ljəŋ	si	ʔjuɐŋ	dʰuk	kiɛn
66-4	蒲	米	螯	雙	魚
擬音	bʰuo	miei	dʰjep	ʃɔŋ	ŋjo
66-5	斜	竹	垂	清	沼
擬音	zja	ȶjuk	ʑjue	tsʰjɐŋ	tɕjæu
66-6	長	綸	貫	碧	虛
擬音	ȡʰjaŋ	ljuen	kuɑn	pjɐk	xjo

66-7	餌	懸	春	蜥	蜴
擬音	ȵi	ɣiuɛn	tɕʰjuen	siek	jɛk
66-8	鈎	墜	小	蟾	蜍
擬音	ku	ɖʰjuei	sjæu	zjæm	zjo
66-9	詹	子	情	無	限
擬音	tɕjæm	tsi	dzʰjɛŋ	mjuo	ɣæn
66-10	龍	陽	恨	有	餘
擬音	ljuoŋ	jaŋ	ɣən	vju	jo
66-11	為	看	煙	浦	上
擬音	ɣjuĕ	kʰan	ʔiɛn	pʰuo	zjaŋ
66-12	楚	女	淚	沾	裾
擬音	tʃʰjo	njo	ljuei	ȶjæm	kjo

67.〈奉和二兄罷使遣馬歸延州〉

67-1	空	留	三	尺	劍
擬音	kʰuŋ	lju	sam	tɕʰjɛk	kjuɐm
67-2	不	用	一	丸	泥
擬音	pjuət	juoŋ	ʔjet	ɣuan	niɛi
67-3	馬	向	沙	場	去
擬音	ma	xjaŋ	ʃa	ɖʰjaŋ	kʰjo
67-4	人	歸	故	國	來
擬音	ȵjen	kjuəi	kuo	kuək	lAi
67-5	笛	愁	翻	隴	水
擬音	dʰiek	dʒʰju	pʰjuɐn	ljuoŋ	ɕjuei
67-6	酒	喜	瀝	春	灰
擬音	tsju	xi	liek	tɕʰjuen	xuAi
67-7	錦	帶	休	驚	雁
擬音	kjem	tai	xju	kjɛŋ	ŋan
67-8	羅	衣	尚	鬬	雞
擬音	la	ʔjəi	zjaŋ	tu	kiɛi
67-9	還	吳	已	渺	渺
擬音	ɣuan	ŋuo	i	mjæu	mjæu

67-10	入	郢	莫	淒	淒
擬音	ȵjep	jɛŋ	mak	tsʰiɛi	tsʰiɛi
67-11	自	是	桃	李	樹
擬音	dzʰjei	zje	dʰɑu	li	zjuo
67-12	何	畏	不	成	蹊
擬音	ɣɑ	ʔjuəi	pjuət	zjɛŋ	ɣiɛi

68.〈荅贈〉

68-1	本	作	張	公	子
擬音	puən	tsak	ȶjɑŋ	kuŋ	tsi
68-2	曾	名	蓂	綠	華
擬音	dzʰəŋ	mjɛŋ	ŋak	ljuok	ɣuɑ
68-3	沈	香	燻	小	象
擬音	dʰjem	xjɑŋ	xjuən	sjæu	zjɑŋ
68-4	楊	柳	伴	啼	鴉
擬音	jɑŋ	lju	bʰuan	dʰiɛi	ʔa
68-5	露	重	金	泥	冷
擬音	luo	dʰjuoŋ	kjem	niɛi	lɛŋ
68-6	杯	闌	玉	樹	斜
擬音	puАi	lan	ŋjuok	zjuo	zja
68-7	琴	堂	沽	酒	客
擬音	gʰjem	dʰɑŋ	kuo	tsju	kʰɐk
68-8	新	買	後	園	花
擬音	sjen	mæi	ɣu	ɣjuən	xuɑ

68-5-2　重，有上、去二讀，義同。

69.〈感春〉

69-1	日	暖	自	蕭	條
擬音	ȵjet	nuan	dzʰjei	siɛu	dʰiɛu
69-2	花	悲	北	郭	騷
擬音	xuɑ	pjĕi	pək	kuɑk	sɑu

69-3	榆	穿	萊	子	眼
擬音	juo	tɕʰjuæn	lAi	tsi	ŋæn
69-4	柳	斷	舞	兒	腰
擬音	lju	tuan	mjuo	ɲje	ʔjæu
69-5	上	幕	迎	神	燕
擬音	zjaŋ	mak	ŋjɐŋ	dʑʰjen	ʔien
69-6	飛	絲	送	百	勞
擬音	pjuəi	si	suŋ	pɐk	lɑu
69-7	胡	琴	今	日	恨
擬音	ɣuo	gʰjem	kjem	ɲjet	ɣən
69-8	急	語	向	檀	槽
擬音	kjep	ŋjo	xjaŋ	dʰan	dzʰɑu

69-4-2　斷，又徒管切，dʰuan，定母，緩韻。

70.〈梁公子〉

70-1	風	采	出	蕭	家
擬音	pjuŋ	tsʰAi	tɕʰjuet	siɐu	ka
70-2	本	是	菖	蒲	花
擬音	puən	zje	tɕʰjaŋ	bʰuo	xua
70-3	南	塘	蓮	子	熟
擬音	nAm	dʰaŋ	lien	tsi	zjuk
70-4	洗	馬	走	江	沙
擬音	sien	ma	tsu	kɔŋ	ʃa
70-5	御	牋	銀	沫	冷
擬音	ŋjo	tsien	ŋjěn	muat	lɐŋ
70-6	長	簟	鳳	窠	斜
擬音	ɖʰjaŋ	dʰiem	bʰuŋ	kʰua	zja
70-7	種	柳	營	中	暗
擬音	tɕjuoŋ	lju	juɐŋ	ʈjuŋ	ʔAm
70-8	題	書	賜	館	娃
擬音	dʰiɛi	ɕjo	sje	kuan	ʔæi

70-1-3　出，一讀去聲尺類切，tɕʰjuei，昌母，至韻。